青春，好行！

江連君◎著
詹迪薾◎圖

推薦序 ◎林明進（建中一叟）

青春，多美好的字眼呀！

我和江校長初認識，是在十幾年前全國語文競賽作文組擔任評審委員開始，連著幾年到各地主辦的全國賽當評審都碰上面，我們談得來就熟識了。後來他每年邀我協助指導嘉義縣各級作文冠軍選手，我們往來就更密切了，如兄如弟。一直以來，總是將連君兄定位是一位負責盡職的校長。由於縣府十分倚重他，從和睦國小到太保國小校長任內，長期以來嘉義縣的語文培訓工作，這種吃力不討好又壓力特別大的專案，他年年接下這個重擔。

他的心很年輕，熱情讓他的「青春」拉得特別長。他是一等一的好校長，他是全臺知名的語文專家，全國級的作文評審委員，這種早就定調的風雲人物，往往被當成行家供著，所以永遠是評審，永遠是作文指導專家。殊不知連君兄心上頭有一支非常曼妙的筆，因為為人負責而有真切的生花妙筆，因為熱愛校園而有懇切的不老青春，因為文青不滅而有不減當年的青春印記。

當他在最火紅的職位上突然退休，讓教育主管當局和第一線的教育工作者都十分驚訝，其實以他的拚勁兒，一年當兩年用，那種孜孜矻矻、夜以繼日的精神他早就該退下來。很快地他回到他的最初與最愛，老文青的筆調老練如神，一下子就寫了兩本書，不論識與不識，都十分驚喜，原來他的心依然「青春」，文學的腦子並沒有退休。

《青春，好行！》是他換跑道後的第二本著作，和第一本風格完全不同，相同的是，他一直都那麼誠懇與熱愛他的生命。這本書一共選錄了他這一年來寫給青春朋友的九篇故事。這些故事涵蓋的層面很廣，有親情、有友情，也少不了愛情，多情的江連君才是他的真面目。如果他擔任教職，一開始就不為行政工作所束縛，真不知要著作等身到什麼地步？後出而轉精的初老作家不少，他還在盛年，才氣不減，又有特殊的人生閱歷，希望他手不停、腦子不停、書香不停，一本接一本問世。這樣子退休，漂亮極了。

這九篇六萬多字的青春故事，故事發生的背景，有國中、有高中、也有剛入大學的故事，總括來說，就是他寫給青春的故事。這九篇故事大致在七千字到九千字之間。故事十分厚實有料，情節十分生動可親，走過青春的人都會莞爾一笑。有些作品是改編自作者年少的故事，有些是作者身邊周遭的故事。文如其人，作者透過他純厚的性情，敘寫這些永遠不褪時的青春之痕，味之可親可喜，就讀者而言，我們時不時會跌入時光隧道，跟作者一起回味，也容易引起跟自己對話的陶醉之中。

在多元多樣的社會中，一切都在求新求變，步伐跑得很快，口味也百味盡出，筆耕的世界，什麼樣的形式應有盡有。這一本書最可愛同時也最可貴之處在於正能量的啟迪，對於年輕朋友給了很陽光也很閃亮的人生淬鍊。如果「人不痴狂枉少年」是一種叛逆的青春標記，那麼，青春就該流過激烈的汗水，青春就該流過痴狂的淚水。

《青春，好行！》這本書不花俏不造作，一切都是那麼自然而然地流淌出青春的火花，故事當中有溫馨感人的、也有幽默風趣的，筆鋒韻流，十分能打動人心。為江校長也好，為老朋友也好，我誠摯地推薦這一本有情世界很有滋味的青春之歌。君不見，「青春」，多美好的字眼呀！

好評推薦

「叛逆」是大人對年輕人的定義。但〈用叛逆走過青春的小子〉這個故事卻告訴我們，「叛逆」也許是青春的信仰、青春的養分。因此，我們有時候應該要用較寬容的態度，看待青春的叛逆小子吧！

——朝陽科技大學　**鍾任琴**講座教授

青春時節，充滿著活潑、聰明、無聊、和愛現。青春，是生命中最鮮明、最深刻的記憶；青春，讓我們在傳統威權的教育體制下，活出自己。〈那年，我們一起曾有的頑皮〉是一個散發青春氣息的好故事，引領我們回到自己的青春。

——小茶壺兒童劇團　**蔡勝德**團長

棒球是我們的國球。能夠在球場上盡情的打棒球，或者是能夠在場邊欣賞一場精采的球賽，應該是人生中最讓人開心的事。棒球的人生有歡笑、有淚水，能和朋友一起分享……同時也得要，耐得住寂寞。

〈棒球不只是棒球〉，真是一篇讓人入迷的人生故事。

——中國信託慈善基金會　**辜仲諒**董事長

好喜歡故事中主角苦瓜的敦厚與勤勞，也好喜歡故事中老師照顧弱勢孩子的教育愛。〈苦瓜男孩〉沒有灑狗血，沒有誇張聳動的情節，卻寫出了教養的價值，當子女的要讀，當家長、老師、校長的更要讀。

——中華民國中小學校長協會　**張信務**副理事長

讓孩子多探索、多體驗是我的辦學理念。探索、體驗進而內化為成長的正能量是教育的核心價值。孩子由戶外活動中所學到的，常常比書本更多、更精采，就像〈一個人去旅行〉這個故事的主角一樣，學會了與陌生人互動，也學會了和自己對話。

——同濟中學　**陳為宗**校長

選擇是人生重要的課題。〈回家〉這個故事，讓我們看到一個年輕人為「就讀科系」的選擇歷程，其中有付出代價的辛酸，有勇敢追夢的充實。看別人的故事，想自己的人生，這篇故事值得閱讀，值得分享，更值得省思。

——嘉義高商 **郭義騰** 校長

即使是孤鳥，仍然要活著，仍然要飛行，仍然要趕著自己的行程，在她心中也有引逗她前進的地平線。

憑藉堅強意志和厚實翅膀，鼓在風上，她享受著自由的孤獨！

看到她，請為她加油和祝福，默默的！

——竹崎高中 **郭春松** 校長

〈母親〉這篇故事如一顆給人溫暖的春日暖陽，亦如一劑催人奮進的強心劑，文章中這股愛的力量，讓我震撼。

——溪口國小 **陳孅慈** 校長

〈當愛情來的時候〉，讀來彷如一流清泉，純情、溫馨而美好；彷如一縷清香，清新、真摯而雋永。

愛情是一門高深的學問，需要緣分具足、需要勇敢追求，更需要努力經營。年輕的你，或許正墜入愛河，載浮載沉；或許仍在尋尋覓覓，人生最佳伴侶，推薦你閱讀〈當愛情來的時候〉，一同感受面對愛情的悸動與勇氣，共度青澀卻甜蜜的青春歲月。

——大林國中 **歐香吟** 校長

寫給青春的故事

自序◎江連君

《青春，好行！》不但凸顯青春是人生最美好、最獨特，也最無以取代的階段，同時鼓勵大家珍惜、修鍊，讓青春發光，讓青春熒煌。這本書文字類似散文的鋪陳，情節又有小說的味道，但重要的，內容絕對是扎扎實實的故事，足以讓青春感動，也足以感動青春的故事。

書中所選錄的九篇故事包含親情、友情、愛情層面，有幽默逗趣，也有溫馨感人的。故事發生的背景，有的是國中時期，有的是高中階段，也有的是剛進入大學就讀時，總括而言就是寫給青春的故事。

這九篇故事中，有些是改編自年少時發生的事，有些是見到或聽來的現今年輕學生特別且精采的生活點滴，既有現實的描述，又有想像的揮灑，青年朋友讀來可能親切、可能驚豔，也可能會有一種彷彿在與自己對話的感受。

這本寫給青春的故事，已過了青春的你，讀了之後，會回憶青春、想念青春；還沒有青春的你，讀了之後，會嚮往青春、渴望青春；而正值青春的你，讀了之後，會把握青春、砥礪青春。當然，沒有讀到這些故事的人，就少了一些對青春的感觸與理解。

故事，是沒有說教的。但身為一位老師，總是很自然的，就是要教過的學生，聽過他講話、看過他作品的人，都好好生活著。因此，這書中的每個故事都有著正向的力量。故事背後蘊含著對青春的深刻期許——期許青春是認真的、用心的；期許青春的故事是充實的、飽滿的。

感謝建中林明進老師在忙碌中跨刀為本書撰文推薦，他是一位很溫馨的人師，也是一位很傑出的經師，更是一位暢銷作家。本書有他的加持，應該會增加許多的讀者。

感謝鍾任琴教授、蔡勝德教授、辜仲諒董事長、張信務副理事長、陳為宗校長、郭義騰校長、郭春松校長、陳媺慈校長、歐香吟校長推薦本書，因為他們的幾句美言，將會使更多人看見這本書，同時享受閱讀的樂趣，享受青春故事帶來的美好感受。

很感佩幼獅文化公司關心青少年的生涯發展。感謝劉淑華總編輯，林碧琪副總編輯，林泊瑜主編等工作團隊對本書出版的付出及辛勞。

目錄

那年，我們一起曾有的頑皮

我不知道別人的高中生活是怎麼過的，但對我們「四三八」寢室四個人而言，高中生涯，除了「頑皮」二字，再也找不出更適當的形容詞。

我們的頑皮，不僅是教官語帶嘲諷的認定，不僅是同學茶餘飯後的議論紛紛，更是我們自己打從心底的自我歸屬。「頑皮」象徵我們青春的幽默、聰明、無聊和愛表現；「頑皮」也是我們一寢室四個人人格特質的共同顯現。雖然我們並沒有刻意營造頑皮，但頑皮的確成了我們高中生活最鮮明的記憶。所以，畢業典禮的前一天晚上，我們決定以「頑皮家族」LINE的群組，紀念我們的高中生活，同時作為未來相互聯繫的櫥窗。

大二的寒假，雖然已經是「頑皮家族」第三次聚會了，不過大家聊的話題，竟不是大學各自多采多姿的生活點滴，而是那年我們一起曾有的頑皮。

「真假仙」，你從來就無法判斷他做的事和講的話，哪一件是真的，哪一句是假的，比方說模擬考一結束，他不停的唉聲嘆氣，再三自責自己的粗心大意，結果成績公布，他竟排名第六，我們拿枕頭砸他，他邊求饒，邊信誓旦旦的辯解，一定是電腦秀逗，讀卡出了問題。他本來的綽號是「假仙」，實在是太高深莫測了，才跟史豔文布袋戲中真假仙齊名。

真假仙離聚會地點最近，卻姍姍來遲。他的腳踏車咿——咿——的煞車聲一傳來，許浩呈，就是「浩呆」啦，立馬站了起來，指著真假仙的老爺車大聲喊叫著：就是這輛，單車雙載，害我差點笑破肚皮。

高一下的二二八放假日，我們四個人都沒有回家，吃過午餐，「古錐」提議去逛街，真假仙堅持騎他的腳踏車，喬了半天，總算達成協議；真假仙負責騎，其餘三人輪流坐，沒輪到坐的，得用跑的跟上車子。

當時我們就讀的這所私立中學，以嚴格聞名，總教官的龜毛轟動大江南北，他規定校園內騎車不可單車雙載，男女生晚上碰面講話要光明正大，不能在幽暗的地方，避免做出見不得人的事。

浩呆猜拳連贏兩把，是第一個坐車的，本來約定由校門口開始坐，但真假仙卻要他由車棚出發就試坐，還鐵口直斷教官正在睡午覺，結果才上路不到十步，教官突然像阿飄似的出現在眼前。

「真假仙，教官在前面，你單車雙載，完蛋了！」

「都是你，什麼鐵口直斷，簡直是瞎貓碰到死耗子，這一下子要跳也來不及了！」

「坐好，山人自有妙計！」

我和古錐本來想跑快點，企圖和兩個現行犯脫勾，但似乎義氣作祟，兩人同時和車子在教官面前停了下來。

「報告教官，許浩呈得了急性腸胃炎，上吐下瀉，我要帶他去看醫生。」

「什麼時候開始的？」

「報，報告教官是早上開始的，已經拉了十幾次了。」

「你中午沒去餐廳用餐嗎？」

「有。但吃不下。」

「你們路上小心一點，有什麼狀況，要跟我通報。」

一出校門，我們三人幾乎同時稱讚真假仙，真假仙難得露出了得意和驕傲的真性情：

「耍點雕蟲小技，就讓你們佩服得五體投地，我要真使出本事，你們鐵定對我服服貼貼，不敢造次。」

我是最後一個坐車的，才一上車，真假仙便再三嘀咕：

「我本來也以為你的名字是洪秋範，因此大家才叫你飯桶，現在我知道了，『飯桶』這綽號，一定和你的體重和大肚子脫不了關係。」

「你看起來沒有很胖，但載起來很重。」

「哦！兩隻腳快踩不動了，我如果休克，換你們載我去看醫生。」

聊著，聊著，進了校門，載得辛苦，真假仙倒也沒有要我下車。

快到車棚時，古錐突然冒出話來：

「怎麼得了腸胃炎的人，載出去是浩呆，載回來是飯桶？」

我們四人不約而同大笑了起來，我和真假仙笑得從車上跌了下來，古錐笑得眼淚直流，浩呆則最離譜，他剛開始是笑到捧著肚子蹲了下來，後來乾脆整個人跌坐在地上，直到樓上傳來了聲音。

「你們要演就要演像一點，不要露出破綻，連你們自己都覺得好笑。」

我們四人不約而同停止了大笑，抬頭望著樓上窗口的教官，像做錯事的孩子不知所措，哦！不是像，是真的做錯事。真假仙應該有點死馬當活馬醫般回應著：

「報告教官，下次會改進的。」

「還有下次?!寫悔過書，明天交給我！」

一聽到寫悔過書，古錐立即閉眼掩面，一副難為情的樣子，可是誰也沒忘記，誰也不想放過那曾有的悔過書傳奇。

古錐，真的長得超可愛的，他像極了林志穎年少的樣子，即使已經大三了，卻好似國中生的模樣，如果每個人都像他這樣，那些化粧品專櫃及醫美診所，恐怕要落得門可羅雀，慘淡經營的地步。更不可思議的，是他的皮膚超細超嫩，他告訴我們，讀幼稚園時，老師經常把他叫到面前，摸摸右臉頰，再摸摸左臉頰，然後喃喃自語：老師的皮膚如果有你一半的柔嫩就好了。

古錐很有女孩子緣，他的第一張悔過書就是因為一年級時，二年級的學姊在晚自習後把他拉到圖書館後面草叢，面交情書，違反「光明正大」

的規定，被教官要求書寫的。他覺得很倒楣，更糟糕的，是不知道怎麼寫悔過書。當天晚上就寢前，我們伸出援手，七嘴八舌，幫他完成了悔過書處女作：

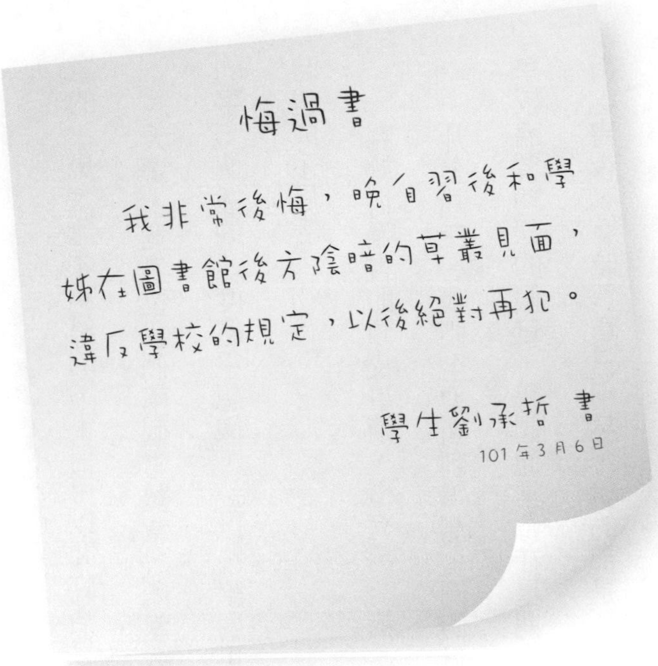

悔過書
我非常後悔，晚自習後和學
妹在圖書館後方陰暗的草叢見面，
違反學校的規定，以後絕對再犯。
學生劉承哲 書
101年3月6日

隔天早自習，教官氣呼呼的衝進教室，指著古錐破口大罵：

「你是真的故意，還是假的不小心，悔過書竟敢寫『**以後絕對再犯**』，我看直接記過好了！」

罵完，很用力的將悔過書甩向古錐。古錐早已嚇得發抖，仔細看過後，趕忙回答：

「報告教官，我絕對不是故

意的，是太急才寫錯的，不信可以問許浩呈和洪秋範。」

夭壽！竟然拉我們兩個當墊背，所幸教官相信古錐是無心之過。只不過好笑的事，傳播的速度超乎想像，「以後絕對再犯」，幾成校園最夯的話題，古錐頓時也成了風雲人物。

關於悔過書的頑皮事蹟，還有另一樁。

升上高三，我們全力衝刺學測，例假日也都兩、三個星期才回家一次。留在學校溫習功課的假日，我們通常會在星期六晚上八、九點時到校外蹓躂，有時逛街吃宵夜，有時買買日用品，目的都是為了紓解壓力。可是，校門在十點鐘就會關上，因而住宿生翻牆回校，早已司空見慣。雖然校規明訂翻越圍牆，記過一次，但準時、守時從來就不是青年學生心目中最要緊的事。

幸運的是，當時管理住校生的卜憲文教官，綽號「五線譜」，他面惡心善，除非犯了滔天大錯，絕不會記學生過，他曾說：「高中生血氣方剛，難免有些行為偏離正軌，以往學校的學務人員和教官都以記過作為威嚇學生違反校規的手段，但被記過的學生就知道自己為什麼犯錯，並且從此成為守規矩的學生嗎？有多少孩子覺得反正都被記過了，一支不嫌多，兩支不嫌少，就這樣自暴自棄？記過不是管理學生的神主牌，更不會有藥到病除般的特效。」

那次我們聽卜教官講這些話，著實挺感動的。學生被教官打心底感動，如果不是破天荒，至少是難得中的難得。

那一天晚上，我們就要出門了，古錐又折回宿舍帶了預先寫好的悔過書，他還向我們炫耀他的小聰明：

「這張帶著，備用，碰到了，現場就可以交卷，省得麻煩！」

都是賣鹹酥雞老闆，一再跟那個女顧客哈啦，才讓我們雖然跑得上氣不接下氣，仍落得要翻牆進入校園的地步。大人都以為學生愛爬牆，其實如果能大搖大擺由校門進出，有哪個會想要費盡吃奶的力氣去翻越圍牆呢？尤其是對我這種有點噸位的來說。關鍵就在於太早關門了，笨蛋都知道。

真假仙手腳最靈活，往牆面一跳，便翻了過去，古錐和浩呆較能體諒我這飯桶的笨重，兩人分站左右兩側支撐我的身體，直到我的重心落到牆上，我在牆上喘了口氣，他們兩人也攀上了牆上，然後我們三人同時越下，完成了壯舉。就在我們用手拍去身上沙塵的同時，五線譜教官迎面向我們走了過來。

「報告教官，這麼晚您還沒休息？」

「晚嗎？你們在校外遊蕩，我怎麼敢休息！」

「都是那個賣鹹酥雞的，看女生看到流口水，才使我們來不及。」

「你的意思，是要我去找賣鹹酥雞的老闆寫悔過書嗎？」

一聽到悔過書，古錐急忙從口袋掏出先前就寫好的那張，然後帶點得意的遞到教官面前。

「報告教官，我已經寫好了，現在就可以交了。」

「劉承哲，你欺人太甚，預先寫悔過書，擺明了預謀犯案，我如果沒記你過，卜憲文讓你倒著寫。」

卜教官悻悻然，拂袖離去，留下一臉錯愕的我們。回到寢室，四人躺在床上苦思對策，不！古錐是坐著的，他愁眉苦臉，不發一語，似乎為他的超級白目，懊悔不已！

「五線譜倒著寫還是五線譜，一定會有辦法的。」

「真假仙，該是你拿出真本事的時候了！」

「找班導，怕鎮不了五線譜的怒氣，找總教官，不行，兩人好像不大對盤，那就直搗黃龍，去求校長囉！」

後來，事情終於擺平了。但古錐爬了一次牆，寫了兩張悔過書，一張是為了爬牆道歉，另一張則省思預寫悔過書的白目，不知道有沒有破了校史紀錄？

古錐聽到我說到爬一次牆，寫兩份悔過書，早已糗得離開椅子，鑽到桌下了，他的動作和表情，還是那麼古錐。

菜陸續上桌了，當烤吳郭魚被端上桌時，他們指著我質問著：「**是誰，殺了王教授的吳郭魚？**」

私立中學怎麼會有教授呢？王教授是一所國立大學生物學的權威，高一暑假學校辦了科學營活動，王教授負責兩天生物的課程。

第一天上課他介紹了許多生活中非常普遍，可是我們卻很少發現的生物現象，饒富趣味，同學們驚嘆聲連連；尤其提到精子、卵子的邂逅，妙語如珠，精采度破表。

王教授在課程結束前，預告了明天水生植物觀察及淡水魚解剖的上課內容，王教授還說三十條吳郭魚和七、八種的水生植物已放養在教學大樓前的水池，明天必能讓我們近距離接觸動、植物，感受生命的奇蹟。

教授還講了一些話，但我已心不在焉，我向真假仙比了30的手勢，他很有默契的作出了好吃的表情。下課後，我們四人並沒有直接回宿舍，而是來到水池前，進行地形地物的觀察和研判。

「嗯！吳郭魚雖然不夠肥美，但也不至於太瘦小，就是穠纖合度啦！」

「水深大概只有五、六十公分，撈不到就下水用抓的。」

「那邊有支小網子，應該是工友撈樹葉用的，或許派得上用場。」

四人滿意的離開現場，同時約定晚餐後到童軍教室張羅工具及炊具。我們當中誰也沒有明說，卻似乎都已心知肚明，今晚絕不會再飢腸轆轆的躺在床上睡不著覺，因為有著豐盛的宵夜。

大約晚上七點多，天色完全暗了下來，我們四個人來到了水池旁，眼觀四面，耳聽八方，確定四周圍半個人影也沒有。我拿起了小網子撈了五、六分鐘，雖有幾回碰觸了魚身，可是終究沒有半條入網，真假仙、古錐、浩呆接力各撈了幾分鐘，一樣一無所獲，檢討聲陸續傳出：

「飯桶，你們家不是養魚的嗎？怎麼魚的性情也抓不準？」

「我可從來沒用過這麼小的網子抓魚？」

「哪裡可找到大一點的網子？」

「我想到辦法了！你們再試著撈撈看，我一下子就回來。」我邊說邊跑，回到寢室，抓了蚊帳，又立刻趕了過來。

「哇！大網來了！既然連睡覺的傢伙都動用了，本來只想抓四條的，現在可要抓八條，才夠本呢！」

「真假仙，我們兩人到水池裡面，一人一邊，手要放到池底，古錐和浩呆待會兒負責把魚倒入水桶。」

就這樣用蚊帳撈了第一次，三條，第二次，一條，第三次，六條，我撿了兩條較瘦小的，放回池內，最後大家一起將剛剛也被撈起的一些水生植物，小心翼翼的擺回了池中。

第一階段抓魚圓滿成功。真假仙和浩呆都空著手，兩人一前一後警戒著，我提著水桶，第二個走，古錐則抓著蚊帳，不，現在暫且是魚網，跟在我後頭。第二階段運送漁獲，也順利完成，只花不到五分鐘的時間。

一進到童軍教室，我頗有自知之明，也非常認分，拿起了菜刀，先用刀背將魚敲昏，接著去鱗，最後再宰殺。真假仙燒開水，古錐和浩呆準備碗筷。除了先前放入的薑絲，我在熄火前倒了米酒去腥提味，最後加了鹽巴。第三階段魚的處理與料理大功告成。

這輩子第一次如此歷經艱難與風險，才吃到了魚，四個人邊吃邊發表心得：

「簡直是人間美味！」

「這味道，令人畢生難忘！」

「太驚險了，得來不易！」

「待會兒出了這門，也不論王教授明天如何起疑心，誰走漏風聲，誰就是王八烏龜。」

我們迅速善後，確定毫無留下痕跡。

半夜，我做了一個惡夢，夢見王教授發現吳郭魚減少，大發雷霆，氣到臉紅脖子粗，氣到嘴歪眼斜，中風了！王教授氣到中風了，我們四個人在一旁嚇得臉色發青，全身發抖。

隔天上課時，王教授這樣嘀咕著：

「你們學校有貓嗎？這魚一夕之間少了八條，那貓恐怕不只一隻，而是一群。沒辦法，待會兒解剖時，只好兩人一條，一人操刀，一人當助手。」

阿彌陀佛！還好老天爺原諒了我們的愛作弄，原諒了我們的頑皮。

所有菜都到齊了，浩呆起身往冰箱抓了兩瓶飲料，其中一瓶是椰子水，引起了騷動，也勾起了記憶。

「哇！你到現在還對椰子水念念不忘。」

「那一次你吊在椰子樹的畫面，可惜當時沒有人拍下來，否則你鐵定暴紅。」

「還拍照呢？都嚇得差點屁滾尿流。」

我們晚自習教室旁的空地，種了兩棵椰子樹，大約六公尺高，每年四、五月份開始結果，大概八月份成熟，通常暑假過後，原本結實累累的果樹，就會變得空空如也。

高三開學後的第一個晚上，我們有著意外的驚喜，四個人站在二樓走廊，對著椰子樹，哦！不對！是對著椰子品頭論足一番：

「猴塞雷！竟然還在。我算過了，總共有十六顆，恰好一人四顆，夠我們消暑了。」

「果皮已經由完全翠綠，變得有些棕褐色，應該是成熟了！」

「發揮一下想像力！果實夠大了，他們你推我，我推你，好像在說：『趕快把我們摘下來吧！千萬不要讓我們摔得鼻青臉腫。』。」

「先下手為強，慢下手，恐怕只會空留遺憾。」

「三天內搞定，否則我每天看他們對我召喚著，怎麼念得下書？」

隔天晚自習後，我們便現場勘察，浩呆還試爬了一段，覺得應該可以順利攻頂，完成任務。然後，前往工友的工具室摸了一把鐮刀。一切準備就緒，等著明晚採取行動。

想不到第二天傍晚下了一場又大又急的雷陣雨，浩呆唯恐夜長夢多，打算趁著沒有月亮和星星的晚上下手，但被我們硬生生給攔阻了下來，因為我們認為他是獨子，萬一有個三長兩短，實在無法向他爹娘交代。

又盼了兩天，時機總算成熟；尤其一整天都不見五線譜教官，可謂天時地利人和。

行動時，又再次進行確認。

「浩呆，你確定不用梯子，要徒手攻堅。」

「放心啦！你們忘了，誰是真正的爬竿高手，那次測驗直上直下，不到五秒鐘，連體育老師都瞠目結舌。」

「可是，樹幹畢竟不同。」

「放心！試過了，能上就能下，等著喝清涼又爽口的純天然椰子水吧！」

浩呆不再理會我們的多慮，一躍而上，爬了一段，我將鐮刀遞給他，他像老手般將鐮刀柄倒插入體育長褲的後腰間，還比了OK的手勢。

又向上挺進三下，已過了樹幹的一半，左右再各往上攀爬一次，頭幾乎快觸及椰子了，但不妙的事似乎隨時都可能發生，整棵椰子樹愈晃愈厲害，看得我們目瞪口呆，冷汗直流。

「這樹幹比我想的不牢靠，會不會整棵倒了下去？」

「如果覺得危險，就下來，不要蠻幹！」

「我應該只能整串割下來，你們接得住嗎？」

「我去體育器材室搬墊子！」

真假仙跑了兩步，又折回來拉古錐一起去。兩人不到一分鐘就搬回了四塊墊子。

「只要對準，椰子不會開花的。」

「你們真是沒良心，只在乎椰子，不怕我摔下去，腦袋開花！」

浩呆用右手抽出鐮刀，然後開始切割，椰子樹隨著刀子的抽動搖晃著，他用力大，樹就搖擺得厲害，他稍微鬆手，椰子樹的晃動就減緩了許多。

「讓開！快斷了！被這串椰子砸到，鐵定爆漿。」

說時遲，那時快，椰子樹大晃了一下，第一串椰子不偏不倚落在墊子上，總共有六顆，椰子看起來毫髮無傷，更重要的是浩呆還在樹上。

稍作喘息，並甩動一下手臂後，浩呆又開始割第二串，他看起來已經累積了經驗，不再那麼前後使力，而是集中力道由上往下切，如此一來，樹搖動的幅度放緩了許多，同時節省時間，第二串椰子很快就應聲落下，這串雖只有四顆，但體積明顯都比第一串大。

浩呆看起來快力氣用盡了，他汗流浹背，不停的用手揮去額頭的汗水。幾次深呼吸後，浩呆嘗試用鐮刀去搆另一棵樹的椰子，雖然搆到，可是無法使勁，兩棵樹同時搖晃著，場面很是嚇人。

「浩呆，不要冒險啦！」我們三人幾乎齊聲吶喊。

浩呆放棄了想要「隔水撈月」的念頭後，逕把刀子丟到地面，準備由上往下滑，然而椰子樹面凹凸不平，根本無法動彈。

「喂！這樹上來容易，下去難，你們快點想辦法！」

「我們再去搬墊子。」

「你們以為我是椰子，還是在做火災逃生演練。」

「浩呆，你撐一下，我和古錐去搬梯子。」

古錐和真假仙快步往工具室跑去，我則故意哈拉，轉移浩呆的恐慌。

「喂！樹上的風景不錯吧！你看到什麼？」

「他媽的，你以為人由高處往下看，就會有風花雪月，我看到一個飯桶，呆呆的，傻傻的，你滿意了嗎？」

古錐氣喘如牛跑回來，表示找不到梯子，真假仙也跟著空手而回。

「真假仙，這可是人命關天，你不要瞎扯，我真撐不住，掉下去，你們一定吃不完兜著走。」

「都什麼關頭了，我還騙你，工具室裡裡外外都翻遍了，就找不到那具死梯子。」

正當大家束手無策時，還是我這飯桶急中生智，提議把老師的講桌和教室裡最高的椅子搬來，我站在上面，只要浩呆能踩到肩膀，就能慢慢下來。

一陣忙亂之後，救生器材就定位，古錐站在地面扶著講桌，真假仙站在講桌上扶著椅子，我則蹲在椅子上，然後慢慢站起來，雙腳雖然抖得厲害，但還聽使喚，等我整個身子挺直後，上天保佑！頭已頂到浩呆的腳了。雖然頭髮被踩亂了、踩痛了，飯桶除了魁梧，還有忍耐的本事。

折騰了好一會兒，浩呆的腳才移到我的肩膀，我慢慢蹲了下來，直到他的腳踏穩了桌子。再一陣移位，四個人才都回到了地面。本來想在草地上休息的，但此地不宜久留，各項物品迅速歸位之後，成運貨隊形——散開——真假仙和浩呆一前一後，空手警戒，我扛著大串的椰子，古錐提著小串的分居二、三。

回到寢室後，誰也沒有氣力去碰那兩串椰子，害怕東窗事發，我用腳將椰子推進了床下。那一夜我沒有做惡夢，隱約聽到打呼聲此起彼落，好不熱鬧。

兩個星期後，在浩呆的提議下我們敲開椰子，喝了這一生中最甘甜的椰子水。我們作弄浩呆：要不，再去把那串還留在樹上的椰子給割下來。浩呆猛搖頭，再搖手，蹦出了一句：

「留得老命在，不怕沒椰子水喝！」

其實那串跟我們沒有緣分的椰子，兩天後也從樹上消失了。

頑皮家族吃過了飯，喝足了椰子水，又要各奔西東了，希望這些一起曾有的頑皮記憶，不會隨著時間的流逝而消失。

孤鳥

如果是鳥，我一定是一隻孤鳥，不折不扣、澈澈底底的一隻孤鳥。孤獨的飛行、孤獨的覓食、孤獨的棲息，孤獨的在夜晚望見流星灑落，孤獨的在清晨迎接曙光冉升，孤獨的做著每一件事，也孤獨的什麼事都不做。

之一

我是孤鳥，從名字的取定那一刻開始。我的虎媽叫吳阿玉，我的寶爸叫劉大展，雖然俗氣，卻多麼俐落，可是他們偏偏給我取個文謅謅的名字——劉以若，這名字應該是瓊瑤文藝電影的女主角，或是張愛玲愛情小說的殉情者。出生於一個再平常不過的家庭，卻有個極度不平凡的名字，太不搭調了，這鴻溝似的落差，注定我會是一隻孤鳥。

要讀國小的三個月前，我才開始被騙到幼稚園玩，虎媽、寶爸和園長都信誓旦旦向我保證是去玩的，不過椅子都沒坐熱，老師就拿了一本課本和兩本簿子給我，上當了！大人說謊怎麼會那麼自然呢？我納悶著。

老師問我為什麼這麼大了才來讀幼稚園，我告訴她虎媽認為老師教得不會比她好，寶爸說幼稚園讀太久會變得油條，老師不再問我問題了，本來在走廊觀望的虎媽和寶爸，也在這個時候一溜煙消失了，教室裡面二十幾雙眼睛對著我看，我不知道看誰，那就看天吧！看沒幾分鐘，脖子便酸了，這才發現看的不是天，是天花板。

劉以若，老師連喊了三次，我不知所措，老師才告訴我，別人喊我的名字前，我要回答右。那天下午回家，虎媽在廚房做晚餐，我用吃奶的力量喊著吳阿玉，吳阿玉不但沒有答右，還用手指頭惡狠狠推著我的頭教訓著：吳阿玉是妳叫的哦！

上學的第一天還有一件我不知道怎麼辦的事，第一節下課，一個比我高出一個頭的大男生，對我喊著：蒟蒻，蒟蒻，好好笑，我們班來了一個蒟蒻。上課後，老師捏了那個男生一下嘴巴，警告他不要隨便給別人取綽號。把以若故意叫成蒟蒻，國小國中都曾發生，我沒什麼特別的感覺，倒是老師都在第一時間嚴正的喝斥，讓那些想藉由名字消費我的無聊男生知難而退。

高二換了國文老師，據說是新甄試進來的，據說是文學博士，第一天上課，全班三十五雙眼睛盯著他看，從頭髮、眼皮、胸圍、腰間以下，仔仔細細打量著，直到他介紹自己已婚，有個一歲半女兒時，大家的目光倏然由講臺轉回桌面，那麼整齊，一點兒都不遜於樂旗隊的拋旗，甩旗，我好想笑，其實噗哧聲已經發出了，被我硬生生用手掌擋下。自我介紹後，再來是一一點名認識我們，應該是認識我們的名字。劉以若，哇！好文青的名字，多麼詩情畫意，我舉手的同時，瞧了他的臉部表情，不是故意哈拉，也不是虛偽的稱讚，是真摯的表達，接著，我看見至少二十個不以為然要笑卻不敢笑的面容，原來現實和虛偽，不是在職場才滋生的，學生時代便已經逐漸萌發了。

一個名字，可以被取綽號，同一個名字，也會被文學博士拿來做文章。和別人不一樣，是成為孤鳥的開端，當然也是必要條件。

之二

性別，應該也是讓我成為孤鳥的原因，或許應該縮小範圍來說，一個討厭穿裙子的女生，讓我沒有朋友，女生們覺得我似乎不是真的女生，自然男性們也不會自討沒趣的來向我獻殷勤。

到底是什麼時候開始不喜歡穿裙子，我怎麼想都沒有頭緒，印象中我的衣櫥裡僅有兩件裙裝，上學後寶爸為我買了書桌，為了不讓桌腳磨損木質地板，那兩件早已不合身的裙子，被剪成四塊作為墊布。

有一年過年，小阿姨到我家玩，她打開虎媽的衣櫃，想找件輕便的衣服換，接下來我便聽到她大聲嚷嚷，太不可思議了！竟然只有三件裙子，這是什麼世界。這下子我茅塞頓開，終於揭開謎底，原來不喜歡穿裙子的虎媽，造就了不喜歡穿裙子的我。可是我立馬覺得小阿姨也太大驚小怪了，老虎無論要追捕獵物，或是要避開獵人的射殺，一定要快速奔馳，自然不會有著拖泥帶水的裝扮，虎媽做事講求效率，不囉嗦，更不會婆婆媽媽，穿裙子當然不會是她的選項。那天，我第一次感覺虎媽和我是同一國的，有其母必有其女，差別的是，我是學生，我還得為拒絕穿裙子繼續辛苦的奮戰。

國二下，生物老師指導我們參加科展競賽，意外的拿了全縣第一名，並且獲選代表去全國競賽。雞婆的校長，找來廠商幫我們量身訂做衣服。獲悉訂做的是裙裝後，我的榮譽感煙消雲散，取而代之是如鋼板般厚重的挫折感。我當著廠商的面嗆指導老師，如果一定要穿裙子，就不去參賽，老師對著我大吼：劉以若，妳以後結婚，最好是穿褲子！

平常斯文、客氣的老師，真的被我氣炸了，我也被突來的怒吼給震懾了。回家的路上，腦細胞迅速而敏銳的檢視所有見過的婚禮畫面，的確沒有一位新娘是穿褲子的。既然是孤鳥，就要有自我排解困頓的本事。踏進家門前，我猛然頓悟，誰說我一定要結婚，誰說我結婚非得辦公開的婚禮，所以，就算要結婚，穿褲子也不會是問題。

校長、老師終於想通，評審不會因為選手穿著漂亮的裙裝就多給兩分，讓我們專注在科學研究的本質才是上策。只是其他三位選手，由於我的固執，平白喪失一套新衣服，更懶得和我講話了。

就讀高中後，便有了制服。夏季的週會時間，全校都要穿著黑裙子，白襯衫，打聽過絕無例外，第一次只好硬著頭皮將裙子穿上，雖然裡頭多穿了一件運動褲，但仍覺得走路時像阿飄一樣，不曉得是人要飛起來，還是裙子要飛起來，好不容易可以坐下來了，一會兒感覺椅子像長刺似的，一下子又恍如下半身長滿蟲子，真是如坐針氈，一節週會，做些什麼，講些什麼，完全空白，細胞不知死了多少。

後來，還是鼓足勇氣，向總教官表達了我的困境，她對我全身上下打量，然後自言自語的說，身材也算高䠷，腳滿修長的，竟那麼討厭穿裙子。我實在很厭惡這種被品頭論足的場面。

終於可以不用穿裙子了。在我寫了一份報告書後的第三天，班導要我週會時間就到圖書館協助整理報紙和雜誌。再見了，黑裙子！事情要落幕之前，總還要來個弦外之音。有一回，和物理老師討論完習題，他突然問我，妳看起來挺健康的，怎麼在大禮堂人多的地方，就會有恐慌症，恐慌什麼？我本來想辯解，卻又不知從何說起，索性雙手一攤，表達心中的無奈。

我是對裙子恐慌，似乎對人也愈來愈有些恐慌，或許別人對我有著更多的恐慌，於是，我是不折不扣的孤鳥。

之三

很多女生喜歡上、下學並排騎腳踏車，一邊騎一邊聊，但我酷愛一個人騎車。獨自騎車，一個女生，看在別人眼中就是孤鳥。重要的是我享受孤鳥騎車的感覺。

國中時，學校距離家裡大約三公里，這路程坐車太迅速，走路又過於耗時，

騎腳踏車，不疾不徐，恰到好處。同樣是三公里的路程，上學、放學腦筋所想的，心情的狀態卻渾然不同。早上出門，心繫著是一整天的課程，我習慣在近二十分鐘的騎車時程中，動用全部的腦細胞，將昨晚的功課複習快速的掃描一次，如果有遺忘的，或是一知半解，到學校後便會立馬澄清，絕不放過。至於下午回家的路上，那可是我的精采人生，所有的身心狀態唯有「放空」可以形容。有時腦力休眠，全力衝刺，想像自己是一位騎士，正在即將抵達終線前死命奔馳，那種汗水淋漓，暴發後的舒坦，怎是未身歷其境者可以意會的，通常一趟路十分鐘內可抵達，我曾試圖把時間縮短至八分鐘，但有種喘不過氣的感覺。覺悟是很重要的，不要勉強自己做不來的事。我享受快速騎車的痛快，但不必拚命。迅速，有快意；緩慢，則是樂活。偶爾在回家的路上，黃昏景致宜人，遂把車子擱在路旁，夕陽、晚霞、飛鳥看夠了，才又滿足的踏上歸程。有回路上遇見叔公，牽著車子和他邊聊邊走，他說著我阿公的風流韻事，還有寶爸小時候做過的蠢事。

應該是國三畢業的前幾天吧！一大早傾盆大雨下個不停，寶爸要載我到學校，我不願少一次騎車回家的享受，堅持將車子放到行李座，寶爸猶豫不決，虎媽由客廳衝出，二話不說將我推進車內，我高聲吶喊，我不是貨物，虎媽回擊說，不是貨物，是廢物。那天傍晚虎媽來學校載我，我故意坐車回家。我是孤鳥，不是廢物，不容欺負。

就讀高中後，即使路程稍遠，但孤鳥就是不願搭車，每天來回合計約一小時，該想的功課，該想的事情都可從容完成。可惜的是沿路大部分經過市區，既不能飆車，也沒有美麗的風景欣賞。雲彩清風，取之不盡，任我陶然的情境是開闊與空曠，不會是擁擠和狹窄的。

時間總有本事讓美好的感覺變樣，但孤鳥也要有本事尋找難得的愜意。

星期六必須上半天的輔導課，我習慣用過午餐，趴在桌子睡個午覺，再花兩個小時複習功課，然後悠哉悠哉騎車逛街，盡可能騎不同街道，即使多繞一點點，我也甘之如飴，有時不小心拐進了小小的巷弄，竟發現很道地的日式建築，老阿嬤彎腰晒蘿蔔乾的樸實，這種市區街景帶來的難得驚奇，是孤鳥的生活情趣，也是養分。

之四

對於性情的覺知，我的確比一般人還敏銳。大概在國小中年級吧！我就逐漸隱然感受自己的孤鳥性格，而由別人口中評斷我是孤鳥，卻是高中才發生的事。

少了和同學哈拉，少了要用盡心思、小心翼翼維繫同儕友好關係，讓我在國中階段很悠哉的念書，很輕鬆的拿到優異的成績。國中升高中基測，我意料之中進到地區最好的女中就讀，由於成績比錄取分數足足多了四十分，在吳阿玉半哄半騙下報名了數理資優班的甄試，令我十分訝異的，竟還名列前茅。

在數理資優班上課的第一天，我就覺得不對勁，整個班級的氣氛既緊張又沉重，甚至還有點肅殺，像極了武俠小說中，眾多武林高手準備過招的風聲鶴唳，每個嚴肅的面容，每個盯著黑板專注的神情，讓我快要窒息，讓我想要逃離。

好不容易熬到第五天，物理老師口沫橫飛說著阿基米德的故事，我對於這原理早已瞭若指掌，索性拿了張紙胡亂塗鴨，或許是鉛筆與紙張來回摩擦的聲音稍大，忽然間，前座同學竟回頭凶狠的瞪了我一眼，那眼神不僅是警告、喝斥，甚至充滿了敵意，我頓時覺得被打敗了，澈澈底底被這群酷愛競爭，心胸狹窄的資優生給打敗了。

我等不及回家向虎媽、寶爸報告想退出資優班的想法，便用電話告知吳阿玉，要轉入普通班的意向，並趁著她來不及反應掛斷了通話。孤鳥，沒有優柔寡斷的本錢，孤鳥，經常必須憑著直覺做決定。

當晚用過晚餐，兩位老人家雖聲稱找我閒聊，卻意圖勸阻我打消轉出資優班。他們和我面對面，表情嚴肅，像是召開家庭會議，也類似談判協商。那畫面很莞爾，真的很想笑，但畢竟是為人子女，豈可將父母的關心視為笑柄，於是瞬間收拾笑意，正襟危坐，接受教誨。

資優班的老師最優秀，據說最後一名，都還可以考上國立大學，也許很競爭，壓力很大，但妳不會輸給她們的。寶爸在虎媽的擠眉弄眼後，對我提出了勸告。

對啦！對啦！剛開始比較不適應，慢慢就會習慣了。妳如果現在退出，以後就沒有機會進去，資優班不可能讓妳來去自如的。

我了解您們關心我，但資優班的氣氛真的很糟糕，再讀下去，我會被悶死。

吳阿玉見我似乎不想妥協，便想以大吼大叫，讓我心生畏懼，改變心意：別人想讀卻考不進去，妳卻考進了不想讀！不想委屈和別人好好相處！想做什麼就做什麼！像一隻孤鳥！一隻很固執的孤鳥！

既然知道我是一隻固執的孤鳥，那就不要想改變我的決定。

我不甘示弱撂下氣話，逃進書房，當然沒有忘記隨手鎖上房門，避免追殺。只不過，「一隻很固執的孤鳥」由自己母親口中評斷而出，還是給我滿大的震憾，那個印象深藏在腦海中。

知女莫若母，我一直以來就是孤鳥，由自己的母親認定，雖有震驚，倒也不稀奇。但由外人口中來評議，可就很尷尬了。

大概不太信任保全公司吧！吳阿玉擔任廚工的學校，找她在假日到校值班，主要的工作是巡視校園，若遇緊急或意外事件時須及時通報與處理。高二的寒假，一放假就快要過年了，吳阿玉要看顧校園，又要張羅家裡清掃和拜拜用的物品，蠟燭兩頭燒，感覺就快噴火了，不只，是火山快爆發了。

一個星期六上午，吳阿玉決定在家中掃除，我則被囑咐幫她代班。拎著早餐，帶著課本，上工去了。其實我本來想質疑這樣做是否合乎規定，但因為知道被烈火灼傷是不好受的，因而作罷。

打開辦公室門，帶起哨子，校園繞一圈，再回到辦公室盯著監視器螢幕，簡單的 SOP，我一一照做。才沒一會兒，我便覺得無聊，悶得發慌，索性打開電視。有人說，臺灣的電視節目是給有時間但無腦袋的人看的，真是一針見血。

哦！原來這電視機是高掛在天花板的，怪不得才看沒多久，脖子就有些痠痛。仰望的幅度太大，頸椎當然受不了。無法降低電視的高度，只好提高座位了，我轉個念頭，將椅子搬上桌子。哇！太帥了！眼睛和螢幕的距離和頸部的受力是呈正比的。正當還在為自己的小聰明沾沾自喜時，突然辦公室的門被推開，一位中年男子走了進來，有些斯文，不像歹徒。

我是學校的總務主任，妳是吳小姐的女兒嗎？

我媽回家拿東西，一下子就會來了。謊話才說出口，我就有些懊悔，大人說謊才會自然的，怎麼我現在講起謊話也沒有覺得彆扭，我還沒有完全長大，哦！是遺傳！國中公民老師說的，不，他說的是說謊會成為習慣。劉以若，妳怎麼可以把自己的不好行為，都推給吳阿玉呢？

學校沒什麼事吧！哦！妳看電視都坐這麼高？

沒事。這樣坐，脖子才不會痠。

資優班說退就退，電視太高，就把椅子架高，真的很有想法，很直爽，很像孤鳥，不過孤鳥也不見得就不好。

主任離開後，我全身癱軟，對於吳阿玉到處宣揚我的事蹟，已沒有力氣太計較了，但被一個第一次謀面的陌生人認為是孤鳥，我是挺在意的。

孤鳥，要改變嗎？為什麼要變？天空本來就有群鳥飛行，也有孤鳥展翅的，不信，你仔細觀察。最重要的，老祖宗早有明示：江山易改，本性難移！

之五

孤鳥，沒有朋友，會不會寂寞，有沒有自閉的現象？放心！書是我的朋友，我們家的毛小孩——嘟嘟是我的朋友。

嘟嘟是一隻西施犬。最適合她的形容詞是可愛。夏天的午後，陣陣微風徐徐吹來，她在風中酣眠的樣子，真是可愛。用餐時，她對著餐桌上菜餚虎視眈眈，想吃卻吃不到的模樣，很是可愛。傍晚我踏進家門，她又叫又跳的雀躍，忽前忽

後的撒嬌，最是可愛。

我所有的心事都會跟嘟嘟說，也不知道她聽得懂還是聽不懂，她總是炯炯有神的看著我，好像害怕漏掉什麼沒聽到似的，她聽我講話的專注，遠遠超過學生上課時的聽講，甚至超過被告聆聽法官的判決。

轉出資優班的那陣子，我的心情湯到谷底，有一回跟嘟嘟講話，不知不覺竟哭了起來，嘟嘟一副不知所措的樣子，不斷的歪著頭，向右歪，又向左歪，好像納悶著平常開朗的我，竟然也會掉眼淚。

嘟嘟也不全然是一位忠實的聽眾。有一回，我問她：中國歷史為什麼那麼長，害我有讀不完的古文？她突然發狂咬我的鞋帶，一下左扯，一下右扯，似乎想把鞋帶扯斷，我幾次喝止，她也不稍微放鬆，感覺是在抗議：妳講就講，幹麼問我問題，我會回答嗎？妳是在欺負我，欺負一隻不會說話的狗。

雖然只會聽，不過已經難能可貴了。不信，想想你周遭的狐群狗黨，有哪一位不是一天到晚對你說個不停，講個不完的，要不然電信公司的收益怎會那麼好呢？

嘟嘟，可愛的嘟嘟，不折不扣，死心塌地是孤鳥最麻吉的朋友。

書，也是我非常要好的朋友。有人說，朋友，是水，是空氣，更是養分。我總覺得，這個朋友，是書，不會是人。

我喜歡王尚義的《野鴿子的黃昏》。雖然已經是很古老的書了，我覺得他像臺灣的少年維特的煩惱，書中有心底深處對現實生活的不平與吶喊，這與孤鳥的某部分特質是很相似，所以容易產生共鳴。

我喜歡蔣勳的《孤獨六講》。書中揭示：孤獨是飽滿的，獨處是生命重要的課題。讀這本書，很像聽一位不怕孤獨的朋友，不斷啟發與鼓舞我的人生，讓孤鳥面對孤獨，也享受孤獨。

我喜歡幾米的《我的心中每天開出一朵花》。這本書，插畫繽紛了文字，文字繽紛了心靈。我常常不經意的翻閱，諷刺的，當作幽默的會心一笑；鼓勵的，視為力量的重新振作。

我不僅有本國的朋友，我也有不少外國朋友。

我喜歡聖修伯里的《小王子》。每個人都可能是小王子，每個人也都可能不是小王子，關鍵在於單純與真摯，這世界假的，太多；真的，絕少。小王子教我純真的孤單。

我喜歡克莉絲蒂的《東方快車謀殺案》。我常看推理小說，是由這本書開始的。細緻的犯罪計畫，震驚的復仇故事，堪稱經典。推理小說錯綜複雜的情節，提醒我人心是詭譎多變的，而且邪惡、善良有時僅在一念之間。

你知道嗎？如果沒有這些書朋友的分享和啟迪，我這孤鳥便難以找到源源不絕的支持力量，支持孤獨的個體，努力創造精采的人生。

之六

按照道理，孤鳥是不會成為話題人物的。但升上高三，有兩件和讀大學有關的事，意外的讓我是校園中的焦點。

真瞎！怎麼會有升學考試制度是這樣設計的？高中升大學的考試，第一次是學測，在寒假進行，考試的內容主要是一、二年級所學的；第二次是指考，在七月初的大熱天辦理。我對於指考沒有意見，但對於學測可就滿腹牢騷。讀高三，考高一、高二，高中三年，考試的範圍是兩年，還有一大堆的備審資料：自傳、讀書計畫、小論文、得獎記錄……就差再增列一項族譜，難怪到了高三，大家都變得神經兮兮的。我開始相信，制度是會殺人的。

於是，我決定不參加學測。

這可不得了，導師、輔導老師、主任、校長相繼約談，學妹在教室外對我指指點點，有人讚勇氣可嘉。有人酸一意孤行。當然，吳阿玉絕不會袖手旁觀的，她一哭、一鬧，還好沒說要上吊。但外界的紛擾，卻沒混亂我的清明與篤定。我全心全意準備指考。

孤鳥不想了解別人，也無法了解別人，可是，孤鳥卻很能夠掌握自己。指考一結束，我就知道想念的大學，想念的科系，是可以如願的，所以志願卡僅填了一格，便收拾行囊，帶著我的閨蜜——嘟嘟去旅行。旅行，對我最大的意義，就是在異地放縱自己。

可惡！吳阿玉竟然唆使劉大展偷看我的志願卡。

妳好歹多填幾個志願，萬一落榜了，沒有大學念，多可惜！填師大好了，搞不好選填公費，幾年後妳就是老師，可以罵學生，還有寒暑假和十八「趴」……。

我不想再被疲勞轟炸了，乾脆遞出志願卡，丟下一句：你們想填幾個，就填幾個！便趕緊奪門而出，逃之夭夭。

終究，兩位老人家還是沒有在志願卡上多填任何志願。不過，僅填一個志願的消息，很快傳遍整個校園，她們說：好屌哦！我那有屌？我只是相信自己！最重要的，是我畢業了，才懶得理會所有的說三道四。

終究，我沒有讓自己失望，我就要成為臺灣科技重鎮最頂尖大學材料工程學系的學生了。選擇這個科系，是因為我覺得材料比人單純多了，材料可以實驗，可以研究，而人難以評析，難以理解。

現在，我來到我要就讀的大學。很多大樹，好大片的草地，仰望天空，我瞥見一隻飛鳥獨自翱翔，很開闊、很自在，甚至很享受。孤鳥，有什麼不好？如果我知道怎麼飛，飛向哪裡。

回家

哥，明天中午，住臺中的舅公嫁女兒，爸媽會去喝喜酒，你如果想回家看阿嬤，是個好時機。剛剛阿嬤睡覺前，又提起你了，她應該很想念你吧！

沈進昌起床後打開手機，看見妹妹昨晚 LINE 給他的訊息。他想了片刻，隨即打電話向模具工廠請假。然後回 LINE 給妹妹：

已請假，確定回家看阿嬤，千萬不可向爸媽透露，也不要先跟阿嬤說。

沈進昌很俐落的簡單收拾行李，領了五千元，還拐進超商買了紅包袋，坐上了往嘉義的火車。

一上了車，極度複雜的情緒立刻湧上來。畢竟這是他去年九月到彰化讀大學後，第一次要回家，而且是因為阿嬤摔斷了腿，又恰巧爸媽不在的情況下。真是情何以堪？沈進昌聳起了肩膀，深深的嘆了一口氣，腦海裡又浮現了去年暑假那段非常不愉快的記憶。

雖然那是他很不願意回想的事情，不過只要有了空閒，這痛苦的記憶，便像魔鬼般死纏爛打盤據了他整個腦袋。

高中升大學學測，沈進昌考得稀巴爛，只好咬緊牙關拚指考，三月到六月，這四個月，大概是他最認真讀書的一段時間，或許是本能吧！人如果在沒有退路時，所有的潛能都會被激發出來，準備全力一搏。

指考的狀況，雖沒有滿心歡喜，但至少是差強人意，可是夢魘也從此開始。

沈進昌的爸媽都在同一家食品工廠工作，爸爸是品管部門的主管，媽媽則擔任出納。剛開始的時候，兩人對於兒子要讀什麼科系並沒有特別的意見。指考完的當天晚上，他們邊吃飯邊聊著：

「考完了，輕鬆一下，有空想一想要念什麼科系。」

「嗯！」

「最主要是興趣和以後的就業，其他的，像學校的地點、公立或私立，就不是那麼重要了。」

「我知道。」

「選我所愛，愛我所選。千萬不要讀了才發現和預期落差太大，然後想轉系或重考，浪費生命，也浪費金錢。」

「我會想清楚的。」

「也可以蒐集一些資料好好比較一下，或是請教學長，不是有大學博覽會嗎？去看看，說不定有意外的收穫。」

「好，知道了！」

幾天後，進昌對於他想要讀的科系，已經有比較清晰的輪廓了，他覺得他喜歡操作機械，對於機器的構造、設計滿有興趣的，況且工具機的前景也不賴，特別是嘉義就有精密工業區，未來真的要返鄉，應該不難找到適才適所的工作。

進昌愈想愈開心，似乎已為日後的前程擘畫了藍圖。他將想法告訴媽媽，同時稍微透露了一下，臺中某一所私立大學的機械工程系，應該是他的志願首選。

隔天晚餐後，進昌的爸爸有備而來的和他談起了選填志願的事：

「你媽告訴我了，你想讀○○大學機械工程系。我不是反對你將來投入工具機領域，但我覺得你現在才十八歲，就選定這麼專業的科系，太冒險了，我認為你應該把○○大學的工業教育系，填在最前面。讀工業教育系，你將來可修教育學程，到高職當老師，你如果對工業現場有興趣，可以選擇你現在喜歡的機械或食品製造，甚至模具等，那樣路更寬，更有選擇性。」

「爸，我懂你的意思。不過我現在就非常清楚自己的偏好，我無須再探索，我上網去看了機械工程系的課程，我都感覺很有趣，恨不得現在就可以開始上課了。」

「你愈是想要一頭鑽進去，我就愈不放心。有些事我可以尊重你，但這事情你得聽我的，我可不願意見到你將來後悔莫及！」

「爸，幾天前你才說興趣和將來的就業最重要，現在我以這兩個環節來決定我想讀的科系，你卻要我轉彎，要我繞道。」

「我不是要你轉彎、繞道，我只希望你找一條比較寬廣的道路走，而不是看到一條巷子，便以為那是你的康莊大道。」

進昌懊惱極了，隔天他拜託阿嬤、姑姑向爸爸勸說，他也央請班導和爸爸溝通，只不過他們愈關心，爸爸的態度愈堅決。甚至，撂下了重話：

不聽我的，學費、生活費就自己想辦法。

爸爸從來沒有講過如此重話，進昌知道事情不會有轉圜的餘地了，尤其是媽媽從一開始就認同爸爸的說法，連緩頰話也沒說半句，更讓他絕望透頂。

上傳志願那天，爸爸特別請了半天假，與其說陪同進昌，倒不如說是確認志願順利傳輸。從那天起，進昌再也沒有面對面和爸媽講過話。

放榜了，完全如爸爸所願，沒有絲毫意外。接下來的暑假，進昌如槁木死灰般沉迷於線上遊戲，他暗自下定決心，只要離開這個家，就不會再輕易回來了，他認為這是報復爸爸蠻橫的最佳方式。

隨著火車進站的速度，逐漸慢了下來，進昌猛然晃了一下頭，趕緊由回憶中抽離。他看到了昔日再熟悉不過的嘉義火車站，然後又習慣性的聳起了肩膀，嘆了長長一口氣，也許是無奈，也許是近鄉情怯的感傷吧！

等公車時，進昌買了兩顆包子，一顆菜包，一顆肉包，作為他的早午餐，他連年夜飯都沒回家吃了，現在更不想趁著爸媽不在家，吃家裡的任何食物。進昌還買了一盒蘋果，老師說過，蘋，諧音平。希望阿嬤能平平安安，不再受傷。從小到大，阿嬤最疼他了，有什麼好吃的，阿嬤總是捨不得吃，偷偷的留給他吃。阿嬤的腿半個月前就摔斷了，住院開刀時，他只能從妹妹的 LINE 中了解情況，好不容易今天才能回家看她，愈想愈愧疚，又想嘆息時，他忽然覺得自己愈來愈像個老頭子，整天唉聲嘆氣的，但是又何奈呢？他也不願意這樣。

到了家門口，進昌先向裡頭張望了好一會兒，確定沒有爸媽的身影，然後他才快步來到阿嬤的房間。

「阿昌，真的是你回來看阿嬤了！」

「阿嬤，您的腿有好一點嗎？」

阿嬤放聲大哭，進昌本來想安慰的，卻一陣鼻酸，淚水像潰決般湧了出來，祖孫抱在一起，也哭在一起，連站在一旁的妹妹也跟著眼紅掉淚。

「阿昌，你瘦很多，是不是沒錢吃飯。」

「有啦！有錢啦！有吃飯啦！沒有比較瘦啦！」

「阿昌，讀什麼都好啦！你阿爸也是為你好，你不要再怨恨他了！」

「阿嬤，您的腳還會疼嗎？有回去再給醫生看嗎？」

「有比較好了啦，等石膏拆掉，就可以練習走了。」

「阿嬤，您不可太著急，不可再受傷！」

「你回來就回來，為什麼要趁著你阿爸阿母不在時才回來？」

「故意啦！這樣不會衝突啦！」

「阿昌，過去的就讓它過去，他們兩人被我念了好幾遍。」

「他們都沒有好好照顧您，還跑去喝喜酒，罵我不孝，他也沒有孝順您。」

「母舅最大，是我叫他們去的。你阿母為了照顧我，請假一個月，你阿爸晚上都要幫我擦身體，忙得頭髮都開始白了。」

進昌削了蘋果給阿嬤吃，然後躺在床上，和阿嬤聊了半個多小時。進昌發現，物品較不易改變，而人的變化可就大了，例如：這床硬度沒變，連味道也沒變；可是阿嬤卻變得白髮蒼顏，而自己也變得和爸媽形同陌路。

聽到了阿嬤微微的鼾聲，進昌小心翼翼的下了床。他到客廳，給祖先牌位上了香。和妹妹聊了好一會兒，他謝謝妹妹促成他半年多來首次踏進家門，探望他最掛念的阿嬤，他塞了一千元給妹妹，同時要妹妹幫他轉交兩千元的紅包給阿嬤，他還要妹妹有空多陪阿嬤講講話。

本來進昌希望不要讓爸媽知道他回來過，可是後來又改變了主意。讓他們知道又何妨？讓他們知道我討厭的是他們，不是這個家，這樣他們才會難過，我才有一點點的好過。進昌露出了苦笑，一種莫名其妙的苦笑，一種夾雜著報復得逞的苦笑。

在返回彰化的火車上，進昌反思著，要做得這麼絕嗎？自己不是一個狠心的人，可是這段日子，他著實很不好過，很心酸。

這將近七個月當中，進昌為了不讓自己太過空閒而胡思亂想，他星期六、日到模具工廠打工，平常上課日則看遍了圖書館中的武俠小說。

會到模具工廠打工，是緣分，很 Lucky 的緣分。

到彰化念書的第二個禮拜天，進昌在彰化街頭閒逛，很偶然的，他在一家小工廠的門口旁，看到一張大概只有B4大小的徵人啟事：

徵求假日隨車搬運臨時工，一天一千元，隨做隨領，意者內洽。

進昌向工廠內探頭看了看，便沒有多想，直接走了進去，他向門口旁的員工，表明想應徵臨時工，員工熱切的帶領他到辦公室，老闆一聽他是大一的學生，從椅子站起來身來，大聲嚷嚷的：

「夭壽！你們看臺灣景氣這麼差，連大學一年級的孩子都要來當臨時工，才有辦法過日子！」

進昌被說得有些難為情，趕緊回應著：

「不一定是為了錢，了解目前的工作環境，累積經驗也很重要。」

老闆從頭到腳將進昌打量一遍，馬上就決定進用，除了覺得這孩子雖然沒有很壯碩，但似乎吃得了苦，更重要的原因，是那張啟事已經貼了一個多禮拜了，進昌是第一位來洽談的，如果不錄用，恐怕司機阿凱就要辭職了。

就這樣，進昌上工了。老闆再三囑咐阿凱：

「這個少年仔交給你，你要教他，不能欺負他，不能讓他搬太重，不能讓他受傷，要不然以後就你自己搬了。」

錢真的不好賺，阿凱已盡量將重量較輕的給進昌搬了，但他仍滿身大汗，腰痠背痛。傍晚回到宿舍，連澡都沒有洗，竟呼呼大睡，直到隔天早上。

有一次，阿凱家中有事，老闆自己充當司機，在送貨的路途中，老闆問及家庭狀況，進昌很坦率的將暑假中為了選填志願和爸媽鬧翻的事，一五一十的說給老闆聽，老闆不改他的大嗓門回應著：

「想不到你那麼有自己的想法，但是你爸爸的出發點也是為你好。你如果對機械有興趣，有機會我會多教你，讓你開開眼界。」

進昌連忙點頭，感謝老闆的好意。

那天要離開工廠前，老闆娘給了進昌一千兩百元，她告訴進昌，老闆給他加薪了，並且希望進昌不要太見外，如果都不想回家，就把工廠當作自己的家。

進昌的眼眶紅了，老闆娘的眼眶也紅了。

接下來的日子，進昌愈來愈早到工廠，愈來愈晚離開工廠，老闆帶著他認識廠區中各式各樣製造模具的機器，也詳細的把操作過程一一的說明，假如時間許可，還會讓進昌實際練習個幾次。進昌像進到大觀園般，有時候用手機錄影下來，有時候把重點寫在筆記簿上，老闆有時候覺得自己好像在上課，教著一位很認真的學生。

有一個星期六下午，三點鐘不到他們便把貨物送完回到工廠，老闆指著一張張模具設計圖，第一次指導進昌如何看各項的圖示和說明。阿凱看到兩人的表情和動作，忍不住的消遣起老闆：

「頭仔，現在是在教員工，還是在教女婿？」

老闆本來有些不好意思，後來也笑開懷直率的回應：

「要教女婿，也要人家願意，你以為那麼簡單哦！」

老闆的女兒大進昌一歲，目前就讀高雄的一所國立大學經濟系二年級，她對爸爸的模具工廠一點兒都沒有興趣，所以很少到廠區來走動。不過，她對於「沈進昌」一點兒也不陌生，因為有一天爸爸對她說：

「同樣是大學生，人家沈進昌假日就要來當臨時工，而妳卻睡到中午還起不來；人家沈進昌會把我講的話記在筆記簿上，而妳總是對我講的話嗤之以鼻。」

進昌和老闆女兒第一次碰面是在大年初一。除夕夜，老闆娘打了三通電話，邀請進昌到家裡吃年夜飯，進昌覺得自己不回家也就算了，卻跑到別人家中吃團圓飯，似乎有一種沒有格調的感覺，於是他婉拒老闆娘的好意，並決定隔天買個像樣的禮盒去感謝老闆和老闆娘對他的照顧。

當天其實和老闆娘女兒沒說上幾句話，主要的原因是進昌突然面對一個女孩子，很錯愕，很害羞，根本不知道要說什麼，倒是老闆的女兒一再的鼓勵進昌要「勇敢做自己」。

「勇敢做自己」這句話，讓進昌三不五時就會突然的想著：到底走那一條路才是做自己？又要如何的勇敢，才不會付出高昂的代價？至今仍沒有真正的答案，他的心中還是充滿怨恨與無奈，怨恨的是爸媽的頑固與橫行，無奈的是自己人生道路，自己卻無法主導。

才進大學上了幾天課，進昌很快發現大學和高中最大的不同，是時間很多。

雖然一星期要上二十幾節課，但也有十幾節空堂，加上傍晚的時間、晚上的時間，上課也未必要專心的時間，這些時間，假如不好好的打發，腦子裡想的都是爸爸的霸道，自己的悲慘，那他肯定會發瘋，住進精神病院。於是，他走進了武俠小說的世界。

跟很多人一樣，剛開始看武俠小說，進昌也是選擇耳熟能詳的作品，像金庸的《天龍八部》、《笑傲江湖》、《倚天屠龍記》、《鹿鼎記》，像古龍的《天涯明月刀》、《多情劍客無情劍》、《圓月彎刀》、《蕭十一郎》。這些作品大多曾經拍成電影或電視劇，讀起來很親切，很容易就入迷。

慢慢的，進昌也看金庸和古龍兩位武俠小說大師以外的作品，他極度喜歡喬靖夫的《殺禪》、《武道狂之詩》、《吸血鬼獵人日誌》。只不過這些作品，圖書館通常沒有館藏，即使有，也不齊全，例如：《武道狂之詩》，圖書館竟只有第九集，而無其他各集，真是太扯了，圖書館竟然這樣購書，館員如此向進昌解釋著：應該是學長捐的，有些學長畢業時，不想搬太重的行李，會把完好有可讀性的書捐給圖書館。這件事讓進昌明白，有時候我們所見所思，卻不見得是事實。

沒有館藏的武俠作品，只好用租的，為了減少租書的費用分擔，進昌號召了一票武俠迷，有段時間，同學們討論的話題，是武俠小說中的情節和人物，更誇張的，是連老師也加入了，有位「通識課程」——生活美學的教授是喬靖夫迷，有一次瞧見學生上課時入神的看《武道狂之詩》第十三集，他也分享了看《殺禪》的心得，進昌覺得那堂課應改為武俠小說美學比較貼切。

武俠小說對進昌而言除了殺時間，也是心靈的慰藉。武俠小說中許多俠客，為了正義，為了俠氣，經常是被誤解，被孤立的，那種孤獨感和進昌很相像，其中，《笑傲江湖》中的令狐沖，他的俠客風範最令進昌崇拜了，他的寂寞孤單也好似進昌的心境，如果時空可以錯亂，虛擬和現實能夠結合，那麼進昌一定要想盡辦法成為令狐沖的拜把兄弟。

沒有回家，便不會隨意搭火車，好不容易回了趟家，去程和回程所想的，簡直就是近一年來的回憶錄。這一年對進昌是難熬的，是艱辛的，是不堪回首的，卻又是最鮮明的記憶。

從嘉義回到彰化，進昌不時會浮現阿嬤垂垂老矣，臥病在床的身影，就連看武俠小說，打工搬貨時，那影像也不斷的出現。有好幾個晚上，進昌失眠了，他整個腦袋瓜都是小時候和阿嬤去田裡，去三姑六婆家串門子，和阿嬤為了看卡通或看歌仔戲僵持不下而猜拳的畫面。

時間進入三月中旬，進昌的情緒有了較大的波動，因為如果要重考，至少也要有幾個月複習高中課程的時間，那麼最慢三月底便要做出抉擇。抉擇，真是人生最痛苦的事。假如繼續讀工教系，日子其實不會有什麼改變，照樣打工、照樣看武俠小說、照樣怨恨爸媽、照樣不回家，照樣想著阿嬤，照樣對前途茫茫然。而真要勇敢做自己，首先面臨的考驗，是能不能再考上機械工程系，這點進昌是較有把握的，只要有三個月的時間，考得比去年更高分是大有可能的；而勇敢的最大代價，便是失去經濟支援，就是爸爸曾經放話威脅的，學雜費、生活費自己想辦法，學雜費可以辦理助學貸款，至於生活費就只能完全依靠打工過日子了。過去，這些難題，他可以逃避，不去碰觸，但是現在已到了不得不做決定的時刻了，進昌總要面對現實。

進昌最期待的發展，當然是爸爸的強硬態度能夠改變，至少是軟化，可是誰知道他現在葫蘆裡賣的是什麼藥，本來最能勸說或試探的是媽媽，可是兩人已同一鼻孔出氣了，這讓進昌十足陷入了資訊不明，孤立無援的地步了。

其實此時的進昌最該找輔導老師諮商了，但一來不熟，二來又要把事情的經過陳述一次，瘡疤一再的揭開，結果是惡臭的膿液愈積愈多。想到此，進昌立刻打了退堂鼓。

三月下旬的一個星期六早上，進昌八點鐘不到就走進了工廠的辦公室，老闆正在看一張新模具的設計圖，他想邀進昌一起看，卻發現這孩子臉色有些蒼白。

「少年仔，是煩得晚上都睡不著嗎？」

「嗯！想要重考，但怕後果難以承擔，舉棋不定，一整晚睡睡醒醒的。」

「問題出在你不會撒嬌啦！」

「撒嬌？」

「是啊！我女兒如果要我答應她什麼事都是用撒嬌的，很管用，每次我都繳械投降。」

「現在連碰面講話都困難重重，還撒嬌呢？」

「是你老爸不願意和你見面講話，還是你自己怨氣未消，眼不見為淨？」

「是我不想見到他。」

「如果你覺得你老爸太過霸道，難道你一點兒也不認為自己固執任性嗎？」

「應該有吧！」

「回家去吧！回去好好的和他談一談，說不定所有的事情都會迎刃而解的。」

「萬一更惡化呢？」

「最壞就是你現在這樣子。當人家孩子，身段柔軟一點，不會吃虧的啦！」

「我再想想。」

「再想！你就會輸給時間了！今天阿凱剛好要送貨到嘉義，你們卸完貨，你就回家一趟吧！」

「那就試試吧！我回宿舍整理一下東西。」

阿凱按照進昌的意思，在嘉義火車站附近讓他下車，還依老闆指示，將裝著今天工資的信封袋及一盒彰化名產交給進昌，進昌則請阿凱代他向老闆道謝。

進昌在火車站和公車站間來回走了不知道幾趟了。他只要想到老爸的老K臉，和老闆所說的身段柔軟，便頭皮發麻，萌生坐火車回彰化的念頭，可是，不回家和老爸見面，講出想法，事情不就又擱著了，於是只好轉身再走向公車站。

就在進昌陷入回不回家進退兩難，猶豫不決之際，他的電話聲響起，是妹妹的來電：

「哥，我剛剛和爸爸聊天，他要我有空就想想未來念什麼科系，他不會為我做決定。他說，他要你去讀工教系，你就氣得不肯回家，他好像少了一個兒子一樣，他可不想以後我也不回家，他再少一個女兒。他好像後悔了，你……」

「妳去告訴爸爸，他並沒有真的少了兒子。我現在在嘉義公車站，馬上就回家了。」

用叛逆走過青春的小子

因為活力無限，所以青春。
因為喜怒無常，所以青春。
因為茫然不安，所以青春。
因為光彩炫目，所以青春。
因為充滿理想，所以青春。
但對我的同學曾有志而言，叛逆，才是他的青春。

叛逆，對每個青春期的孩子，是個緊箍咒。有人早些發生，有人晚點出現；有人輕描淡寫，有人曇花一現。可是曾有志的青春叛逆是如影隨行，轟轟烈烈。

有志是在公立高中念了一年，高二才轉到我們這所私立中學，和我同班，也和我同樣住宿，還同一寢室。關於他轉學的原因眾說紛紜，有人說他刺破英語老師新買的BMW輪胎，又不肯賠償道歉，引起老師們公憤，揚言要把他退學；有人說他不服教官管教，公然比中指，飆罵三字經，還有人說他和高三的學姊談戀愛，對方成績大幅退步，還離家出走，他為了不想讓女方繼續承受壓力和困擾，選擇遠走天涯；最離譜的是竟然有人謠傳他加入幫派，染上毒癮。可憐的轉學生，不但要適應新的環境，還要承受背後別人的閒言閒語。

有志給我的初始印象其實是挺不錯的，他長得很俊秀，不說話時甚至有些憂鬱，明亮的眼睛，卻一點也沒有逞凶鬥狠的霸道。不知道是因為剛認識，所以顯得客氣，還是有教養的自然流露，他竟然會說謝謝、不好意思，麻煩你了。他喜歡打籃球，從他帶球上籃的順暢動作，可以看出他的運動細胞很發達，協調性非常優異。由幾次睡前的閒聊中，可以輕易感受他是很不滿現狀的，似乎對於約束、管教極為不屑與反感，他對於教官和會碎碎念的老師的觀察相當負面，比方說，他認為教官在升旗典禮的訓話是老生常談，是樹立權威，是表現給校長看，是最無聊、最不營養的。聽有志講話，不留下這個鮮明印象似乎很難……這傢伙，看起來斯文，卻是滿叛逆的哦！

有志的叛逆，在開學後的兩個星期讓我們大開眼界。

有志轉學後，他很快就感受到，私校高中生被要求的規矩，遠比公立高中學生多，甚至不會比國中少。他覺得其中最瞎的規矩，是晚上七點到九點要集體在教室晚自習，更扯的是晚自習視同上課，雖然可以穿著便服，但不能穿拖鞋，想要讓已悶了整個大白天腳丫子透透氣，就得花錢買涼鞋來穿。不過，奇怪的是高中女生穿涼鞋很自然，大多數的高中男生就是不喜歡穿涼鞋，於是大家能躲就躲，甚至繞遠路避開教官，還是穿拖鞋去晚自習。

瞧！藍白拖一套既輕鬆又自在，為什麼連晚上都要被莫名其妙的約束。

我、有志，還有其他同學心裡都是這樣想的。

有一天晚上，教官刻意躲在穿堂轉角，來個甕中捉鱉，將我們一群八、九個沒按規定穿鞋的，罰站在孔子銅像下。曾有志抬頭看了一下孔子銅像，小聲的問我：

「你覺得至聖先師會要求他的三千個弟子穿什麼鞋子去晚自習嗎？」

「應該不會吧！那個時代沒有燈，怎麼晚自習？而且那時候一定沒有涼鞋這玩意。」有志問得不正經，我也調皮的回答。

突然，有志舉起了手。我有著山雨欲來不妙的預感。

「報告教官，我是新轉學來的高二學生，前幾天翻了一下校規，並沒有晚自習不能穿拖鞋的規定。」

「你雖然是剛轉學來的，但我們都認識你。校規雖然沒有明定晚自習不可以穿拖鞋，但校規第五條有提到，在公共場所服裝儀容整齊，照理是要求你們穿皮鞋或運動鞋來晚自習的，沒想到放寬可以穿涼鞋，你們還是不遵守。」

「請問教官，涼鞋和拖鞋有什麼差別？」

「你明知故問哦！涼鞋後面有條繫帶，可以固定腳，拖鞋卻沒有。」

「教官，我真的沒有買過涼鞋，穿過涼鞋，是不是只要有繫帶，不論粗細，都是涼鞋。」

「對啦！你不要再跟我抬槓了。省下這些想要衝撞體制的心思和時間，你會把書讀得更好。」

有志會真的不知道涼鞋和拖鞋的差異嗎？

聽完他和教官的對話，我納悶著。

答案揭曉。隔週的星期一，有志買來了一綑鬆緊帶，很多同學都在拖鞋後面繫上鬆緊帶，就連高三的學長、高一的學弟也跑來要。從此，識相的教官便不再要求至少要穿涼鞋去晚自習的規矩了。後來，愈來愈多的人晚上大搖大擺穿著藍白拖在校園裡晃來晃去，比較謹慎的，口袋裡會放著兩條有志給的鬆緊帶。

有志的叛逆，教了我一件事：原來，規矩是可以被打破的。

但我用肚臍都想得到，教官心裡一定是超不爽的，說不定還會暗自吶喊著：

曾有志，咱們走著瞧，你想當英雄，我會讓你吃不完兜著走！

其實，有志的叛逆感覺很自然的發生，他並沒有強出頭或刻意耍帥的性格。

當然，我也慢慢洞悉他會轉學的原因了，有哪位師長胸襟會大到即使學生不斷挑釁也不以為意呢？

對學生而言，最痛苦的時間應該是星期一的早晨，在過了兩天假日懶散、沒有拘束的假日生活後，星期一一大早要武裝自己，準時起床實在不是一件容易的事，難怪星期一通勤的學生遲到人數是最多的，至於住宿生，只要七點鐘一到，你的身體沒有離開床板，同學的催促，教官的哨音，便不會善罷甘休。

這天晚上風勢不斷增強，有時還伴隨間歇性的雨滴，氣象報告再三強調，颱風即將登陸，大家要做好防颱準備。果然，十點過後，罕見的，廣播系統音樂聲響起，教官宣布明日停課一天，大家不約而同發出驚喜的呼喊。

「這颱風真來對了！」

「是颱風假來得正是時候。」

「一想到明天可以睡到自然醒，超爽的。」

「明天不用上課，會無聊死了！」

「不會啦！可以找到女生宿舍前舉個『請跟我聊天』的牌子。」

「我看出來和你聊天的是女舍監。」

「哦！我寧願自言自語。」

我們一寢室六個人躺在牀上聊天，似乎誰都不肯先睡著。

強風自半夜過後就逐漸減弱，但雨勢卻反而一再加大。

早上七點，起床鐘聲照響，但宿舍走廊不見半個人影，八點還是如此，九點依舊，十點一過，才陸續有人在走廊走動，原來，十點才是符合人性的起床時間。

吃過早餐，一群人精神奕奕討論著如何打發時間。當幾個年輕人聚在一起，吃飽睡足又沒事可做，絕對不是件好事。不信，很快就會印證了。

雨勢漸漸的由大轉小，正當大夥兒仍提不出像樣的主意時，曾有志用衣架由床底下撥出一顆足球。

「那就來場水中足球大戰吧！」

不是徵詢，是很有說服力的鼓吹。

「我來守門，你們六個分成兩隊，踢半場就好，二十分鐘決勝負，輸的跑操場三圈。」

有志一口氣將規則說得清清楚楚，顯示他的組織能力是高人一等的。

開踢不到十分鐘，有人滑了一跤，索性脫去上衣，有志和其他人也都跟進，我拉起衣服，才露出肚臍，又放了下來，有些擔憂的問有志：

「雖然放颱風假，教官搞不好在學校？」

有志不以為然的回答：

「教官回家抱老婆了，何況又不是脫褲子。」

就在我脫掉上衣，掛在球門上，要返回球場上的時候，看到教官撐著傘，往球場走過來。我趕緊用眼神向大家通報，並小聲的對有志說：

「教官沒有回家抱老婆，正要來抱我們。」

「應該是他老婆不給他抱，才來找我們麻煩的。」有志很鎮定的回答。

教官才走到階梯便停住了。接下來他和有志隔著十來公尺的距離，展開了一段我想都沒想到的對話，感覺就像是高手過招。

「你們幾個趕快把衣服穿起來，這樣會感冒的。」

「報告教官，反正穿了也溼，倒不如脫掉還涼快一點。」

「這樣不好看，算服裝不整喔！」

「教官，今天放颱風假，你怎麼還在學校？」

「就是有你們這種叛逆的學生，我才一天到晚要待在學校。」

「如果不叛逆，活著還有什麼意思？順從和乖乖牌的學生，我實在當不來。」

「不要把自己說得那麼悲壯，也不要找理由和藉口，人家不會叛逆，反而活得更好。」

教官已往回走了，仍不放心回過頭來嘮叨：

「趕緊回宿舍換衣服，準備吃午餐了。」

大家都沒有了繼續踢球的興致，拎著衣服往宿舍走去。有志和教官的隔空減話，還在我腦海裡清晰的浮現著，我訝異教官沒有用喝斥的態度對待我們，我更訝異有志理直氣壯的和師長講話方式，尤其他所說的「如果不叛逆，活著還有什麼意思？」這麼沉重的話，教我這個和他同年齡的同學都不知道怎麼解讀。

雖然我總認為有志不會故意要叛逆，也不會凡事為反對而反對，他就是不想順從權威，要對權威表達抗議。但不可否認，叛逆是有志的青春信仰，叛逆也是有志青春的生活方式。

很多人和我一樣，都把叛逆看得太負面、太膚淺。有志又教了我一件事：叛逆不簡單，叛逆的人也不簡單。

最會在學生面前要威風的，是誰？最會以成績恐嚇學生的，是誰？只要當過學生的都知道，答案就是老師。老師最愛嚇人的，用考試嚇人，用分數嚇人，用老師的身分嚇人。你一定看過不敢上學的學生，卻沒聽過有哪個學生是不想放學的。

高二下學期，原來的物理老師因要照顧剛出生的小孩，請了育嬰假，也就是說我們班會有新的物理老師。開學後的第一節物理課，在大家等待的目光中，走進了一位看起來很臭屁的「老」老師，印象中他應該是全校年紀最大的老師吧！瞧他那個跩樣子，我立刻想到上學期在圖書館翻過的書上，有這麼一段文字：

年輕就有成就，會臭屁是理所當然的；但年紀一大把後，還臭屁，通常是一種不滿足的變態。

行禮如儀後，老老師果然露出馬腳，開始臭屁了起來：

「我在明星高中教了三十年的物理，去年退休本來是要享清福的，但你們董事長和校長再三邀請我來傳授寶貴的經驗。高二下的物理，學測考的比重最高，不過你們放心，命題的趨勢一定逃不過我的手掌心，現在出題的，有很多都是我教過的學生，只要你們上課認真聽，一定可以拿到滿意的分數。我最討厭學生蹺課了，只要讓我抓到，至少是補考，其實補考就是重修，讓我多出一份考卷，還想及格，門都沒有。你們四十二張桌子，四十二個人，光看桌子空位，就知道缺課人數，知道嗎？安分一點，學生的本分就是乖乖上課……」

像連珠炮下馬威後，再一一點名，書都還沒打開，下課鐘聲已經響起。

這樣的言語疲勞轟炸，遠比考試還累，物理是要連續上兩節課的，利用下課時間，同學們都到走廊呼吸新鮮空氣，免得下節課撐不下去，特別是對於被老變態恐嚇都感到憤憤不平。

「他媽的，想用空位抓蹺課，我馬上讓他破功。」

「喂，被逮到就得重修，還是不要輕舉妄動吧！」

「鋤頭尬斧頭，試了才知道。」

下定決心後，有志快步去看了隔壁班的課表，確定他們下節課不在教室上，然後一股腦兒把他的桌椅和書包搬到隔壁班，最後再將整排座椅前後做了調整，一眼望過去，並沒有少掉一張的感覺。

上課鐘聲響了，前腳已踏出教室的有志，又回頭向全班同學申告：

「大家辛苦了，我實在太討厭會恐嚇學生的老師了。」

接著一溜煙消失了。

五十分鐘很快就過了，臭屁的老師並沒有發現空位，當然也不知道這節課教室裡其實只有四十一張桌子，四十一位學生。

有志在下課後搬回桌椅，臉上露出得意的笑容，似乎自我感覺到，勇於挑戰威嚇的叛逆，得到了一次頗為重大的成功。

當天所有的課都上完了，我和有志一起往餐廳的方向走著。

「其實，那老傢伙是很有料的，他上課時除了講解課本的定律和原理外，還會提到該環節可能的出題方式。」

「哦！真的？」

「嗯！他如果不要像第一節課那樣倚老賣老，我覺得他上課的方式，會讓我們節省一些複習的時間。」

有志沒有回話，他抓抓頭，老老師的不同面向似乎讓他有些始料未及。

「下次上課他如果沒有再臭屁耍威風，你就不要蹺課了，觀察他的教學方法是不是像我剛剛說的一樣，還挺有水準的。」

有志依然沒有回話，這回他點點頭，同意我的建議。

這是我第一次感受到有志對自己的叛逆有所省思，心平氣和取代了義憤填膺。這個十足叛逆的同學，除了衝撞、再衝撞，竟還願意煞車，聽聽別人的意見，我該為他覺得欣慰，因為這樣代表他不會橫死荒野。

有志辯才無礙，但直到我看到他的新詩作品，才發現他還是個感情豐富，寫作技巧不俗的寫手。

高二升高三的暑假，國文老師給了一樣看似簡單卻令我們異常頭痛的作業——寫一首關於「愛情」的詩。我寫了些什麼，早已忘得精光，只覺得要把愛情寫成一首好詩，遠比轟轟烈烈的談一回戀愛要困難多了。

第二週上課，老師再三稱讚有志的作品是真正用心寫出來的，很有可讀性，可惜的是有志不同意老師念給我們聽，同學們並沒有機會一睹有志的佳作。但我畢竟是有志最聊得來的同學兼室友，當天晚上有志禁不起我的再三請求，終於把他精采的新詩作品偷偷的交到我手上，並強調絕對不可傳閱。這首詩的題目是〈抹不去的曾經〉，內容如下：

淚止了

心平了

離開你
我恢復自由的日子
天真的以為
愛情也可以這麼來去自如

令人垂涎的勇敢
原來已隨著共同追尋的流星
墜落
難以匹敵的真摯
原來已遺失一起走過的沙灘
淹沒

孤獨像輕風追逐
寂寞如雲霧徘徊
我終究誠實的面對自己
在每個回憶起妳的深夜
淚水只是殘留枕巾
心仍隱隱作痛

「曾有志，你寫得新詩作品真的很有水準，參加學校的文學獎，應該有機會得獎。」

「我是被老師逼的，才藉由新詩的作業抒發心境。」

「哦！所以你是第一次寫新詩。」

「以前寫過情詩送人，這麼正式的創作，第一次就是這回獻給老師了。」

「是你有潛力，才能逼出優秀的作品。」

「以後應該不會再寫吧。」

「那太可惜了，持續的寫，搞不好以後會成為一位大詩人。」

「我以前聽過一個作家這樣消遣我們的創作環境：在臺灣如果有三個人餓死，他們會分別是寫小說、寫散文和寫詩的。」

「沒有那麼悲情啦！把你的才華表現出來總是好的，記得報名參加比賽哦！」

有志沒有回話，只是搖了搖頭。

十二月份第一次週會，司儀在頒獎的程序中，念著文學獎的得獎名單，我們班有一位同學得到散文第三名，全班報以如雷貫耳的掌聲，司儀繼續念小說得獎名單，前三名從缺，佳作是隔壁班一位女生，她長得很像瓊瑤小說中不食人間煙火的女主角，光是她的長相就像一篇小說，最後要頒的是新詩類，第一名從缺，第二名高三孝曾有志。

「吔！有志得獎了。」

「國文老師果然慧眼識英雄。」

「有志，上臺領獎。」

班上同學七嘴八舌，可是有志卻仍坐在座位，他的臉色愈來愈難看，我又有著不好的預感。

所有領獎的人都上臺站定了位置，有志仍一動也不動，我瞥見他雙手緊握，似乎相當生氣，到底怎麼回事，我現在猶如丈二金剛，一點兒也摸不著頭緒。整個禮堂突然完全安靜了下來，這個時候如果有人從禮堂外頭走過，一定會以為裡面是空無一人的。大家在等待有志的上臺，我則揣測一個偌大的風暴即將來襲。

教官由司儀同學手中拿過麥克風。

「曾有志，趕快上臺，校長在等你。」

有志慢慢站起身來，似乎要講話了。

「我沒有報名參加比賽，誰替我報名的，誰就上臺領獎。」

有志講完話，坐下來的同時，惡狠狠的瞪了我一眼，我好像被針扎到一般，立即以搖頭回應。

這時候臺上有了最新動靜，國文老師上臺跟教官講了幾句話，教官不置可否，似乎要國文老師自己跟校長報告，國文老師有點躡手躡腳走到校長面前，他稍微彎下了腰，校長則微微站了起來，兩人講話的樣子有點令人莞爾。

國文老師和校長講過話後，再跟教官比個OK的手勢，便往臺下走去。

「曾有志，是國文老師覺得你的作品很優異，幫你報名參加比賽，得獎的確定是你，趕快上臺吧！」

教官拿起麥克風，再一次向有志喊話。

「當老師的就是不會尊重學生。還是那句話，誰報名的，誰就上臺領獎。」

這回有志直接坐著回話，現場的氣氛好凝重，大概接近冰點吧！

校長向教官使了個眼色，突然，頒獎音樂響起，週會程序進行者。我想所有人和我一樣，關心的不是誰得了什麼獎，而是用什麼觀點、什麼角度評斷有志的叛逆。

週會結束後，有志被叫到校長室，整整一節課。

「校長對你說了什麼？」

「他稱讚我有才氣，但認為我在大禮堂公然損國文老師太衝動，也不夠厚道。」

「你怎麼回應？」

「我告訴他，不被尊重的感覺非常遭糕透頂，當老師的一天到晚要學生學習尊重，可是卻不先尊重學生。」

「校長有要你做什麼嗎？」

「他要我想想老師的出發點，想想老師現在的心情。」

鐘聲打斷了我和有志的對話，我們一起走進教室。

隔天，上國文課，老師絕口不提昨天頒獎的事，下課時，老師走出教室門口，有志幾個箭步跟了上去。我依稀聽到：

「老師，不好意思，昨天週會我太衝了，您一定很失望！」

「嗯！昨天確實很失望，但現在不會了。小子，加油，人不痴狂枉少年，今天你願意低頭，願意謙遜，明日你前途無限，我看好你，不要再讓我失望了。」

有志跟國文老師道歉，是我想都想不到的事，不僅跌破眼鏡，連眼珠子都快跌出來了。我這個用叛逆在過青春的同學，變了，與其說他不再那麼叛逆，不如斷定他的青春期即將結束。

母親

我真是倒了十八輩子楣，有這樣的姊姊。

黃惠心，大我兩歲的姊姊。依照常理，她應該是照顧我、呵護我，也很了解我，甚至與我無話不說，猶如閨蜜的人；可是，她卻跋扈、不講理，像嚴厲的長輩三不五時糾正我、教訓我，有時還像母老虎般的對我咆哮，有幾回我是在睡夢中，因她惡狠狠的眼神和張牙舞爪的凶悍而驚醒。

黃惠心雖然承擔了大部分的家務，但我也被分配到要做些家事，固定的包括洗碗盤、倒垃圾、洗衣服、晾衣服和收衣服，至於臨時交辦的，那更是五花八門，次數和頻率主要取決於她的心情。

有一回用過晚餐，老爸對黃惠心講了幾句話就匆匆出門，我洗完碗盤便迅速閃人，躲進了房間。

「喂！黃惠慈，妳洗那個什麼碗，像狗啃的，竟然還有飯粒，趕快出來給我重洗！」

我當然百般不願意，但為了息事寧人，只得照做，就在我走到廚房水槽前，黃惠心一個箭步，搶過了洗潔精，朝著所有碗盤噴灑，就在我還來不及回神的同時，她很霸道的告誡著：「給點教訓，做事才會謹慎，下次就不會再犯了！」

咬著牙，繃著臉，我將全部的碗盤都再清洗過，走進房間，我用了吃奶的力氣把門甩上。砰的一聲，黃惠心肯定嚇了一跳，算是我的不滿，我的抗議。

然後，我隱約聽到：門壞了，妳要負責花錢修，多洗一次碗盤，火氣就這麼大，將來誰敢雇用妳……

也不知道是心不在焉，還是恍神了，那晚明明記得是兩袋垃圾，我卻僅拎著一袋出門去倒，回到家後，黃惠心將另一袋垃圾，往我的身上塞，同時斥喝著：這包垃圾如果今晚還留在家裡頭，妳應該也別想進門睡覺了！

我抓著垃圾奪門而出，可是垃圾車已不見蹤跡，僅聽到微弱的音樂聲，我拚命的追趕，但車子似乎離我更遠了，我繼續奔跑著，直到兩腳不聽使喚，上氣接不了下氣，才全身癱軟停了下來。正當絕望之際，咿——，一輛腳踏車在我面前緊急剎車，「黃惠慈，我幫妳丟。」原來是我的國中同學許皓呈，綽號皓呆。

不知又蹲了多久，我才有了力氣站起來，往回家的路上，想到以前也曾忘了倒垃圾，爸、媽雖也會碎碎念個幾句，卻不曾如此苛責，唯獨黃惠心，簡直把我當佣人看待，淚水就這樣流了出來，我走得很慢，但哭得很傷心、很無助，直到進家門前。我不想讓黃惠心見到我的軟弱，她是女強人，她從不憐憫別人的。

黃惠心對我的刻薄，很長時間都僅限於她的賤嘴，直到我掉了手機，小阿姨

送我 HTC 新手機。

媽媽過世後，我們和她娘家的互動減少了很多，但小阿姨卻每年會來探望我們兩三次。今年農曆過年，小阿姨和她先生帶了外公、外婆種的青菜和水果來給我們，本來她還送了化粧品給黃惠心，但她說什麼也不肯收下，臨走的時候，她向我要了手機號碼，我聳聳肩告訴她上個月戶外教學不小心掉了，她在我耳邊輕聲的說：「妳姨丈在手機大廠當工程師，我跟他要一支，過幾天寄給妳。」

大概十天後，小阿姨以包裹將新手機寄到家裡，是黃惠心收的，當天傍晚我放學回家，她已磨刀霍霍，打算好好的對我興師問罪。我書包都還來不及放下，她用右手食指狠力的推了我的額頭，叫罵著：

「妳到底有沒有廉恥心，竟然敢開口向姨丈要手機！」

「是小阿姨主動要送我的，我沒有跟姨丈要，妳不分青紅皂白就動手，太過分了！」

「動手又怎樣？對妳這種愛慕虛榮的人，不用力推妳，是不會覺醒的，以後照樣會再犯賤。」

「黃惠心，妳給我聽好，只要妳敢再對我動手，我一定讓妳吃不完兜著走，不信妳試試看。」

我沒讓黃惠心再有回話的機會，拿過手機，衝進房間，將門反鎖。這時我瞧見雙手不斷的顫抖，原來「氣得發抖」並非是誇飾的修辭。

經過這次的叫囂與過招，所幸兩姊妹的打架事件始終都沒有再發生。不過，更糟糕的，是身體被侵犯也就算了，竟然連隱私也被侵犯了。

國中隔壁班的男生陳溢正，我們都參加了科普社團，也在國二的暑期科學營同一組，媽媽過世時，他曾寫信安慰我，平時也會Line些勵志或有趣的訊息給我。高一寒假，在他第三次邀約後，我答應和他去看豬哥亮主演的《大囍臨門》，劇情太搞笑了，我們都覺得很開心，唯一不妙的，是散場在門口遇到了皓呆。皓呆其實不呆，但超白目的，他指著我們說了兩次：「哦！約會，被我看到了！」我們都沒有理會他，後來他丟了一句：「我要跟妳老爸說。」我瞪了他一眼，回了一句：「你敢？」

皓呆真的不敢告訴我爸，卻通報了黃惠心。傍晚回到家門口，我有著不祥的預感，但也只能硬著頭皮進到屋子裡去。

「才高一，就約會了，很厲害哦！」「想要談戀愛，也秤秤自己的重量，我們是單親家庭……」

一聽到「單親家庭」，我臉都不回直往房間衝，一如以往熟悉的將門反鎖。

幸好有這房間，是避風港，也是庇護所。

黃惠心敲了幾下門，便沒有動靜了，我靠著書桌大大的吐了一口氣，吐掉的不知是怨氣還是悶氣，但就是吐掉了這口氣，感覺才能正常呼吸。

忽然，我聽到了鑰匙開喇叭鎖的聲音，才想要開門一探究竟，說時遲那時快，黃惠心早一步推門進來。

「黃惠慈，妳……」

「黃惠心，妳知道妳在做什麼嗎？妳侵犯了我的隱私權。」

「侵犯隱私權？有那麼嚴重嗎？是妳不開門，我才拿備用鑰匙開的。」

「我的房間，就是我的隱私，妳沒有經過我的同意擅自闖進來，就是侵犯我的隱私；如果有一天我也拿鑰匙打開妳的房門，妳不會抓狂嗎？」

「不要轉移話題啦！我是好心要提醒妳，現在談戀愛，肯定會影響功課，將來考不上好學校。」

可能是我血脈賁張，咬牙切齒，一副要失控的樣子，黃惠心說完話就退出了我的房間。

我本來想把門踐上，卻發現全身早已沒有氣力，單親的家庭，蠻橫的姊姊，我為我的不幸嚎啕大哭，哭到不知不覺睡著了。

黃惠心念的是高職，本來我抱著一絲希望，她可能因統測分發到外地讀大學，沒想到她在校成績優異，繁星推薦到離家才幾公里遠的國立科大就讀，我的盤算落空。看來唯一能夠脫離她魔掌的，就是等到我高中畢業，到外地讀大學了。只不過一想到還必須和她同屋簷下過兩年的生活，便滿心悵然，像烏雲罩頂，也像極了被千百斤大石塊重壓，幾乎難以喘息。唉！漫長又沉重的兩年，不知如何度過？更悲觀的想，我過得了嗎？

其實，黃惠心對我的嚴苛要求，和媽媽的驟然去世是密切相關的。媽媽四十五歲被診斷出肺腺癌末期，自發病到撒手人間僅僅二十九天，短暫得連醫生都覺得意外，短暫得沒時間讓我們心理準備，也短暫得讓我們沒來得及好好悲傷。

媽媽過世的前一天，黃惠心和我坐在床邊，她握著我們兩人的手，不改她學商的本性，簡單明白的囑咐著：如果你爸爸交女朋友或打算再結婚，不能攔阻或反對；惠心要帶惠慈，不可以學壞；用最簡約、最迅速的方式辦喪事。

我記得很清楚，媽媽遺體火化的當天晚上，黃惠心便下廚張羅晚餐，用餐時，她改坐到媽媽的位置，一臉面無表情，爸爸和我則眼眶都還泛著淚水，她突然對著我們略帶訓示的說：「再哭也喚不回什麼，日子總是要過。」我頓時感覺她一夕之間長大了，一夕之間變勇敢了，一夕之間似乎替代媽媽成為家裡的女主人。

最不可思議的，那年黃惠心不過是個剛就讀高職兩個多月的學生。從此，她主宰了整個家，不折不扣是這個家的總管，而我是要被帶、被教、被管、被不斷要求的妹妹。

媽媽剛過世的一段時間，黃惠心待我是較友善的，特別是我準備會考的那段時間，她有時還會對我噓寒問暖。有一個晚上，爸爸忘了買綜合維他命，她對老爸嘆了一口氣，還給了超難看的臉色，然後出門買了回來，再三叮嚀我要按時服用。

或許是就讀高中之後，黃惠心認為我不再是小女生了，我應該更懂事、更獨立，做更多的家事，同時要禁得起別人的要求，不論合理與不合理。

對於分擔家務，我並不厭惡，也不應該厭惡，一來沒有媽媽的孩子，比較辛苦是必然的，其次黃惠心做得更多，她從來就不是只會動口不動手的人。

我最難以忍受的，是黃惠心跋扈與囂張的態度，她的跋扈、囂張和老爸的信任、放任密不可分。

爸爸，在我的生命中，一直都不是扮演最重要角色的人。媽媽在世時，凡事她說了算，家中大、小事她總處理得妥妥當當，無須老爸操心、操勞，也許他除了把大部分的薪水拿回家，其餘的，他也不想自討沒趣的過問。

媽媽剛去世的一小段時間，爸爸的確較像個爸爸，下班之後他大都待家裡，也偶爾問問學校狀況和帶我們到小館吃飯。但很快的，他不在家和我們一起用餐的次數愈來愈多，甚至有幾個晚上是在外頭過夜的，我有時候會胡思亂想，他該不會有另一個家吧！爸爸一如以往，雖沒有讓我們過著非常富足的生活，卻從未在金錢上使我們捉襟見肘，他每個月固定給黃惠心兩萬元生活費，給我三千元零用錢，遇有另外較大筆的支出，他也從不皺眉和嘀咕。

黃惠心掌握家中經濟大權，是爸爸對她充分信任的具體顯現。剛開始，黃惠心還會將每個月收支概況向爸爸報告，逐漸的只報告餘額，再幾個月後，我就沒有聽過黃惠心談起生活費使用的情形。無須了解過程及結果，意味著絕對的支持和信賴。

有一天，隔壁鄰居的大門要粉刷，問我們要不要一起施作，黃惠心確認價錢後一口就答應，連徵詢老爸都沒有。當天晚上，爸爸進了家門，就誇讚黃惠心：「做了個好決定，家裡頭無法是新的，至少大門是新的。」可見父女的契合度是很高的。

充分的信任，通常就是放任的開始。

那次黃惠心動手推我額頭，我很慎重的向爸爸告狀，但他點點頭後，毫無指責黃惠心的意思，反而這樣提醒我：

「妳姊姊的出發點是為妳好，她要處理家中這麼多事，難免情緒不好，失控了，妳要學習體諒別人，學習以別人的角度來看待事情。」

原來，動手的，出發點是善良的；而我感到生氣，是因為無法體諒別人。如果這不是偏心，那什麼是偏心；如果這不是放任，那什麼才是放任。

隱私權被侵犯的那回，本來是絕口不提的，由於擔心房間不再是避風港，最後仍告訴了爸爸。他是這樣回應的：

「我會提醒妳姊姊，應該要多尊重妳，但我想她一定是太心急，沒想那麼多，妳們是親姊妹，凡事不要太在意、太計較了。」

哦！竟然是我太計較，而她只是太心急。我們姊妹在爸爸心中的分量，由此可見一斑。

真正讓我心灰意冷，對親情近似絕望的，是爸爸當面目睹黃惠心的霸道與粗暴，卻連氣都不吭一聲。

有個週日傍晚，我正模擬英聽測驗，晚了把衣服收進屋子，黃惠心先是責備我缺乏時間觀念，後來乾脆把整堆衣服用力的砸向我，而當時爸爸正在客廳看電視。

我摺疊好衣服後，冷眼看了一下爸爸，再斜眼望了一下黃惠心，我終於澈澈底底的領悟：在這個以黃惠心為主的家，我只有忍氣吞聲，否則只會更加自取其辱；我所奢望的最基本的尊重，是很難在這個家被履行的。所以，我要離家遠遠的，並且沒事不要隨便回家。

看清了事實，目標就具體的顯示了。我一定要全心全力準備學測，然後選擇一所離家很遠的國立大學就讀。遠離黃惠心，我的人生才會是彩色的。

距離學測兩個月，我選擇參加學校晚自習班，除了能夠和同學互相激勵外，眼不見為淨，將和黃惠心碰面的頻率降到最低，避免衝突，避免心情受到干擾，更是我最主要的考量。

好朋友吳月純雖然和我不同班，但住家僅離了三個路口，剛開始我們一起搭公車，下車後再各自走七、八分鐘回家。不過自從有一次在一個轉角差點被摩托車撞著，且遭對方用很難聽的五字經辱罵之後，月純的媽媽便堅持每晚開車來接她回家。月純盛情的拉我一塊坐車，吳媽媽也下車再三的勸說：

「妳在客氣什麼，就順路嘛！」

「都十一月了，天氣會愈來愈冷，一起搭車也比較不會受到風寒。」

「妳這麼漂亮，晚上搭公車、走在路上，萬一也和我們月純一樣碰到那種下三濫的人，後果總是不好。」

就這樣，晚自習後竟有專車接送。吳媽媽好貼心，不理會我的推辭，多開一段路先送我到家門口，然後才載月純回家。下車後，我目送車子慢慢駛離，想到早逝的媽媽，想到對我百般挑剔的黃惠心，想到現在如果有個像月純一樣可以抱著撒嬌的媽媽，該有多麼幸福……想著，想著，不由自主的，忽然鼻子一陣酸，淚水滑了下來。

有時候，吳媽媽會準備點心，不管是肉粽、波蘿麵包，或是鹹酥雞等，一定是兩份，讓月純和我在車上開心的享用，每次我總是口頭再三感謝，心中滿滿感激。

有一天在車上也不知道什麼話題，竟聊到了我每天要洗衣服、晾衣服的，吳媽媽先是一臉錯愕，然後誇獎中夾帶感嘆的說：

「真不簡單，妳媽媽離開的早，卻反而促使妳更懂事、更獨立。」

我不知道怎麼回應，吳媽媽接著聊起了黃惠心。

「我有個朋友，住在妳們家斜後側，她告訴我妳姊姊更是不簡單，一面讀大學，一面姊代母職，將家裡掌理得穩穩當當，讓妳爸爸沒有後顧之憂，可以安心的工作。她現在幾年級？」

「大二。她既凶又不講理，就像一隻母老虎，一隻一天到晚要把我吃進肚子的母老虎，連我爸爸都怕她三分。」

「真的嗎？人都是這樣，對家人，看到的都是負面的，就像月純和她哥哥老是嫌我雞婆、碎碎念，不尊重他們，妳想想看，妳們家如果沒有妳姊姊，會變成什麼樣子？」

「以前我媽媽就對我們很嚴格，可是我姊真的比她還凶，整天對我凶巴巴的，從來不會講一句好話。」

「她大概沒時間，也沒有人教她怎麼跟妳講道理，所以就什麼事情都用指揮的，用命令的，直來直往。」

那天晚上，我躺在床，想著吳媽媽說的「妳們家如果沒有妳姊姊，會變成什麼樣子？」。或許黃惠心對家裡很重要吧！她本來就是家裡的霸主，只不過她假使真是姊代母職，我倒從來沒有感受到絲毫的母愛，絲毫像春風徐徐溫柔的母愛。

時間總有本事，將我們帶往生命的關頭；時間也總有本事，將我們帶離生命的關頭。只是有的人輕鬆越過，有的人平淡走過，有的人顛簸難過。

學測第一天早上臨出門前，黃惠心塞了一張卡片給我，一臉嚴肅的說：「祝妳好運！」我始料未及，匆匆收下，連謝謝都沒說。

等公車的時候，我把卡片拿出來瞧了一下。卡片大概像張書籤，是以紫色雲彩紙為底，正中央貼著一株帶有六、七公分長細莖的四葉草，上頭橫寫著

Lucky，惠慈，四葉草的細莖旁則寫了三行字：希望妳，會的都答對，不會的都猜對。卡片左下方還寫了她的名字和日期。

哦！真是跌破眼鏡，或是以太陽從西邊出來形容較為貼切吧！萬萬沒想到，黃惠心竟有這般細膩，更萬萬沒想到，她竟然以如此溫馨的方式，為我祝福。

公車的煞車聲打斷了我的思緒，將卡片放回口袋，然後又由口袋拿了出來，放進了皮夾。

學測第二天中午就結束了，我頭痛欲裂，連便當都沒拿，好想回家睡個天昏地暗也不起床。

才進家門，黃惠心便對我疲勞轟炸。

「考得怎麼樣？」

「普普吧！希望會的都答對，不會的都猜對。」

然後兩人互看了一眼，同時露出了要笑不笑的苦笑。

「我買了水果禮盒，妳那個同學吳月桃，她媽媽每天晚上載妳回家，應該要去謝謝人家。」

「月純，不是月桃。是該好好謝謝月純的媽媽，但我怕她不肯收。」

「我們現在去，她如果推辭，那就車子騎了就跑，反正一定要將禮盒留在她家。」

雖然已疲累不堪，但仍聽從黃惠心的指示。跨上摩托車後座，本來伸出雙手要扶抱黃惠心的腰，卻突然像觸電般縮了回來，同時我猛然發現，黃惠心的背影和媽媽簡直是神似。

月純還沒回家，黃媽媽熬不過我們的堅持，收了禮盒，嚷嚷了好幾次，直說改天要請黃惠心和我吃飯。她送我們出了門口，搭著黃惠心的肩膀誇讚著：

「我的朋友前幾天才又提到妳，說假如生女兒都像妳一樣，就值得了。學測一結束，妳趕緊帶著惠慈來感謝我，更有著為人母親的周到，這不是一般當姊姊會想得到，做得到的。」

黃惠心雖然搖搖頭表示她沒有黃媽媽稱許的那樣好，但我卻感受到她有著被誇獎的滿足，甚至有一絲絲的得意與驕傲。

第一天送我卡片，第二天帶我向月純的媽媽致謝，這是霸氣的黃惠心嗎？還是因為學測是我生涯的關鍵，她才有出人意表的態度轉變。假若真是學測的效應，說實在的，我還挺願意用考試的煎熬，換得黃惠心的關愛呢！

回到家，取下安全帽，忽然天旋地轉，全身癱軟無力，像洩了氣的球，先是跌坐，後來是趴倒，緊接著便完全不省人事。

醒來時，我第一眼認出了醫院，第二眼看到了黃惠心。她一邊摺著被子，一邊劈里啪啦說了一長串的話：

「醫生說妳血紅素不足，有些貧血，又太累了，要在醫院休養兩、三天。我待會兒回家給老爸準備早餐，請月純幫妳先請兩天病假，然後再去學校上兩節課，買些東西就回來陪妳了。」

「妳慢慢來，不要趕。」

黃惠心離開後，我又閉眼休息了一下子，或許已睡了太久，一點兒也沒有睏意。同病房的隔壁床是一位看起來六、七十歲的婦人，我主動向她微笑點頭致意，她見我沒有要再睡的樣子，就跟我聊了起來。

「我昨晚和妳姊姊講了很多話，現在還有女孩子這樣顧家，真是太難得了。」

「她對外人比較和善，罵我的時候，跟罵小狗一樣。」

「會對妳凶的人，就是真正對妳好的人。現在的社會，誰敢隨便對別人凶？

誰願意對別人說一些不好聽的話。」

「是哦！」

「妳姊昨晚至少醒過來十次以上，一下子摸摸妳額頭，一下子拉拉妳的被子，我看她根本不是姊姊，簡直就是一位母親，很多做母親的，還沒有她那種照顧孩子的掛念和心意呢！」

我不知道怎麼回應，本來要反駁阿婆，批評黃惠心的話，已到了嘴邊，卻硬生生吞了回去。月純的媽媽說她是周到的母親，這阿婆形容她是很掛念孩子的母親，好吧！黃惠心，目前我就暫且認定妳是一位很會要求我的嚴格母親吧！

這時候，病房的門被推開了，阿婆半開玩笑的提醒我：

「講阿母，阿母就到。」

「明明是一隻虎霸母。」

跟著虎霸母進來的是阿爸，他們兩人對我和阿婆的對話都摸不著頭緒，但我們誰也沒有多作解釋。

當愛情來的時候

「本校今年校慶運動會上午壓軸的賽程，五千公尺賽跑即將登場，請同學們為二十五位參賽選手加油。五千公尺賽跑考驗選手的，不僅是體力與耐力，更重要的是毅力，一種一定要跑完，再累也要堅持的毅力……」體育組長透過麥克風介紹接下來要進行的賽事。

擔任終點線工作人員的方嘉琪，負責的是提醒編號二十一至二十五號選手們的賽跑圈數，還有為他們計時，所以她的手上拿著1至17的小舉牌，脖子上掛著碼錶。方嘉琪配合著廣播唱名，努力的建立對五位選手的鮮明印象：

二十一號，又高又壯，穿黃色背心。

二十二號，穿緊身衣褲，像職業選手。

二十三號，大平頭，滿臉青春痘。

二十四號，皮膚黝黑，又黑又矮，綽號是小黑吧。

二十五號，穿著學校運動服，看起來菜菜的。

鳴槍起跑，哇！小黑竟然一馬當先，更跌破眼鏡的，菜鳥咖緊跟在後。方嘉琪為她負責的選手，暫居一、二，感到有些得意，暫時忘記了臉上的防曬乳液正和三十三度C豔陽天拚搏著。

三圈後，小黑由逐漸落後到吊車尾，方嘉琪覺得這個人沒擋頭，真是虎頭蛇尾。倒是菜鳥咖，原先怎麼看都不像會得名的，現在卻是個領跑者，他看起來步伐穩健，表情堅毅，頗有冠軍相，方嘉琪目光緊盯著，她每次向他亮出小舉牌時，都投以關愛的眼神，要不是工作人員有著不得為任何選手加油的守則，她還真想對他說幾句鼓勵的話。

「現在工作人員陸續為選手亮出第9圈的牌子，表示他們已完成一半的路程。目前持續領先的是編號二十五號選手，他是一年七班的陳政一，……」原來是隔壁班的，卻從來不曾見過面，方嘉琪有些懊惱，但也有點慶幸，他是個低調的男生。

當方嘉琪對陳政一舉出16的牌子時，不經意的露出了淺淺的微笑，如果有人仔細觀察，一定會發現那是少女表達好感的特有笑容。

「選手已進入最後一圈衝刺，目前獨占鰲頭的，仍是陳政一，他領先第二的選手已超過一百公尺，看來今年高一的學生有機會奪得五千公尺的金牌。」方嘉琪舉起碼錶，準備給陳政一最精確的計時，伴隨的仍是淺淺的笑容。

「十六分四十七秒，差八秒就打破本校五千公尺的紀錄，而且他還是高一，未來一定很有機會的，讓我們以熱烈掌聲，恭喜一年七班陳政一。」方嘉琪忘情的拍著手，直到死黨包雅婷的手搭在她肩上。

「包雅婷，妳綽號包打聽，妳有辦法在今晚九點前弄到陳政一的資料嗎？」方嘉琪迫不及待想要了解看似平常卻無比堅毅的陳政一。

「代價呢？」此時不敲詐，更待何時？

「清玉黃金比例檸檬青茶。」這是以往的價碼。

「NO！老娘對這個人一點頭緒都沒有，不加碼就拉倒。」包雅婷已洞悉方嘉琪的心動。

「資料豐富，必勝客八吋海鮮披薩；資料二二六六，麥當勞小薯。」方嘉琪可還沒昏頭，不容漫天要價。

晚上八點不到，方嘉琪一邊聽著五月天的歌，一邊盯著電腦螢幕，桌上角落還擺放手機，就等著捕捉更多的陳政一。她很清楚，她一點也不崇拜他是金牌選手，她好奇的是一個高一的學生，何以如此穩定，如此堅毅，是他那特有的氣質打動了她的心。

陳政一當然不是方嘉琪第一個那麼在意的男生，國小國中方嘉琪也喜歡過別人。

最開始是小學同班的男同學，總是全班第一名，還當選模範生，長得白白胖胖的，在一群土裡土氣的孩子中自然感覺顯眼。班上好幾位女生，送糖果的、送餅乾的，幫忙做掃地工作的，還有一位把他名字刻在鉛筆上的，一點兒也沒引起男孩的青睞。方嘉琪出了怪招，很認真讀書，很細心考試，從男孩奪得了第一名，以為男孩從此會對她另眼看待，可是男孩卻再也沒正眼看過她一次。沒氣度的男孩，不值得繼續喜歡，方嘉琪草草結束純純的愛慕。

國中樂旗隊頗富盛名，那個帥氣的指揮，是學校很多女生心中的白馬王子，方嘉琪趕上潮流也是其中一位。才藝展演晚會，她和帥哥男孩孤男寡女在後臺相處了二十秒，她向他微笑點頭，他也對她點頭微笑。那天晚上，方嘉琪夢見帥哥小指揮很投入的揮舞著指揮棒，自己阿娜多姿的翩翩起舞，臺下所有觀眾如痴如醉。遺憾的是男主角兩個星期後便轉學了，方嘉琪的青春戀歌也譜上了休止符。

包雅婷不愧是包打聽，八點五十九分LINE了陳政一的資料，方嘉琪趕忙的讀著，沒有半秒時間差。

陳政一：一年七班數學小老師，一年級環境衛生稽察隊員，每星期三中午會到一年級各班檢查垃圾桶、回收狀況和整潔維護情形。第二學期第二次段考，班排名第五，校排名二十六。爸爸在他國小四年級時車禍過世，媽媽隔年離家出走，至今毫無音訊，他和阿嬤相依為命，姑姑經常回娘家探視。假日常去社區圖書館看書，喜歡跑步，國中時是中長距離的高手，得獎無數。無不良嗜好。無紊亂男女關係。

該蒐集的都沒漏掉，不該贅述的也沒多列，方嘉琪滿意極了，她覺得包雅婷未來適合擔任檢察官，調查局幹員、警察和徵信社老闆。她回LINE了一個披薩的貼圖。

方嘉琪是個聰明女孩，她判斷陳政一沉穩，堅強的性格，源自於曾遭受變故的家庭環境，像他目前的處境，對於感情必定是敏感的，是保守的，她得放慢腳步，免得把他嚇跑了。下星期三中午他到教室來檢查垃圾桶，該是彼此自然見面的好時機。

從小方嘉琪就不喜歡睡午覺，尤其是那種吃飽趴睡的方式，她大部分是閉目休息，有時太累，才不小心睡著，所以陳政一到底有沒有每週三都到教室來，她確實是懷疑的。時間一分一秒的過著，心跳也撲通，撲通加速著。突然有個身影由後門閃進教室，方嘉琪一眼就認出那是陳政一，她迅速起身，抽了兩張衛生紙往垃圾桶方向走了過去。

「咦！是你呀！恭喜，總算拿到了金牌。」方嘉琪為了這句話可是練習了幾十遍，果然順暢極了。

「妳是？」陳政一可沒裝蒜，他真的不認識眼前這女孩。

「我叫方嘉琪，嘉義的嘉，安琪兒的琪，運動會當天在終點擔任工作人員，剛好為你舉牌，為你計時，也欣賞著你沉穩又認真的步伐。」她簡單介紹自己，也表達對他的好感。

「哦！謝謝妳。那天大概太投入了，沒注意到你。」他的回話雖然扼要，但也恰到好處。

「你來檢查我們班的衛生狀況嗎？這垃圾桶雖然有些味，卻不髒，你可要手下留情。」她掀起垃圾桶蓋，表面上為班級爭取高分，其實是期待自己在他心目中有個好印象。

「妳班上的整潔狀況一向挺好的，我還得到其他班級看看。」他將視線由她身上移走，準備離去。

「Bye! Bye! See you later!」她拋出了彼此成為朋友的橄欖枝。

「Bye! Bye!」他保守以對，沒有拒絕她的心意，但也表明不會主動會面的。

方嘉琪為自己有守有為的應對感到滿意，陳政一則知道隔壁班有個名叫方嘉琪的女生，很健談，且對他有好感。這就是他們第一次面對面談話的成果。

第三次段考完，方嘉琪沒有急著離開學校，她想把抽屜和置物櫃好好整理。突然接到了包雅婷情資——陳政一正在操場跑步。

她草草收拾了東西，走出校門，買了兩杯黃金比例檸檬青茶，往操場方向快步走去，遠遠的她就看到了陳政一的身影，臉上自然流露出了笑容，忘記了身上的大汗直流。

在升旗臺上放下了飲料，放下了書包，她知道陳政一不會那麼快就結束跑步，或許她還想讓他主動發現自己，捕捉他那驚訝的表情。

一圈、兩圈、三圈，陳政一還是沒瞧見有個女孩正在看他跑步，不過這是正常的，一方面他跑步時是全心投入的，另一方面，他的眼神不會亂飄，特別是對女孩子。

方嘉琪倒有些急了，他會不會待會兒跑完逕自離開，留下錯愕的她？他會不會早已看見她了，卻故意視而不見？

「嗨！金牌選手，我來為你加油了。」方嘉琪揮舞著手勢主動出擊。

陳政一僅僅輕輕揮手回應著，沒有聲音，沒有表情。方嘉琪有一種被冷落的感覺，嘟起了嘴巴。

他又跑了三圈，然後快走。她想去陪他走，但看看腳上的皮鞋，身上的制服，便猶豫了起來，她想：這傢伙該不會走一走，就在她視線消失？

終於，他停下腳步，在操場另一角落拉筋、擦汗；她提起書包、飲料，又放下書包、飲料，慢慢的走向他。

「會累嗎？」她找不到更好的開場話。

「還好！」他真是省話一哥。

「不是比賽，可以跑得輕鬆一點。」她只好延續話題。

「對於跑步，我沒辦法不認真。」他的態度更莊重了。

「這麼嚴肅！」她有些抱怨他的不解風情。

他沒有再回話，也許不知道回什麼話。她看了他一眼，也暫時保持了沉默。

「不好意思，我該回家了！」他邊說邊移動腳步。

「我買了飲料，放在升旗臺上，你稍等一下，我去拿。」她的心意至少也要讓他感受到。

「我都喝開水，市售的飲料冰冰涼涼又高糖，實在有礙健康，對我來說是絕緣體。」他邊說邊又移動腳步，感覺要盡速離開現場。

「你好實在！」她故意說這句雙關語，酸味不少。

「Bye!」例行的道別語，表情和語調似乎沒有期待。

「Bye!」聲音更小，有傷心的氣息。

嚴肅什麼，正經什麼，對飲料絕緣，怎麼不說對女生絕緣，對愛情絕緣，臭男生，臭陳政一。方嘉琪眼眶泛著淚光，心裡充滿受傷的怒吼。她沉重的走出校門，又折了回來，將兩杯飲料送給了警衛，但卻送不出今天的不愉快。

悶了一天一夜，她只說了三句話，倒是睡了十二小時枕巾溼了一大片，分不清楚是淚水或口水，最大的收穫是滲透了戀愛的滋味不會只是甜美的，苦澀也是戀愛的履歷。最苦惱的是她不知道，也無法猜測陳政一現在到底如何看待方嘉琪，如何看待他們的互動。

暑假第二天的午后，方嘉琪和包雅婷出現在必勝客披薩店，除了八吋海鮮披薩，包雅婷想多點杯可樂，但被回絕了，因為陳政一認為，市售的飲料冰冰涼涼又高糖，實在有礙健康。

「哇塞！愛情真偉大，人家隨便講講，妳就當《聖經》。」包雅婷有些調侃，有些羨慕。

「對於他講的話，我沒辦法不認真。」方嘉琪明著回應包雅婷的嘲諷，暗著戲謔陳政一的太過嚴肅。

「我可以幫上什麼忙？」

「弄到他的 e-mail，我不想整個暑假就這麼藍色憂鬱。」

「嗯！好朋友我可提醒妳，那傢伙如果真是鐵板一塊，妳要適可而止，免得粉身碎骨。」

「謝謝！我自有分寸。」

兩天後，她mail給他第一封信，寄出前，她在草稿匣中刪改了不下二十遍，原因除了希望充分表情達意，精準用語，還希望他回信。

「我是方嘉琪。為了在漫長的暑假中還能跟你有所聯繫，託朋友弄來了你的e-mail，希望你別見怪。

從那天起就不喝市售飲料了，不是對你諂媚，是覺得你講得有道理。

昨天到圖書館借了六本書，有機會再和你分享讀後心得。你呢？暑假做些什麼？願意來信聊聊嗎？」

隔天陳政一回信了，方嘉琪樂不可支，都還沒開啟，就像中了統一發票，大概是四獎等級。

「謝謝妳的來信，不瞞妳，收前一封信已是半年前的事了。

對經常運動的人，冰的飲料實在太傷身了，所以那天只好「很實在」的回絕妳的好意，不要見怪！愈來愈多人不買飲料，不知道會不會影響經濟景氣？

暑假最棒的事就是睡到自然醒，但阿嬤有時會擾我清夢，七月十六日要去碧潭參加生涯第一場路跑，目前備戰中。」

耶！耶！他把我當朋友了。高興了好幾分鐘後，方嘉琪突然哭了！自己到底怎麼了，只不過一個很普通的男生，他不太搭理我時，就悶、就沮喪；他寫了幾行字給我看，就笑，就開心。方嘉琪，妳為什麼變得如此敏感，如此脆弱，妳的自信到哪裡去了？

收拾起笑容，擦乾淚水，理性暫時戰勝感情，她覺得生活不能被愛情霸占太多，情緒上也不能完全以他為圓心。

幾天後，他們又彼此有書信往來，主要是確定七月十六日方嘉琪也要去碧潭，生涯第一次感受路跑的熱情和活力，還有交換手機號碼，並相互成為Line的好友。

碧潭路跑在夜間舉行，除了運動外，更可讓參與的人欣賞碧潭美麗又浪漫的夜景。陳政一報名十二公里健身組，預計下午六點三十分起跑。六點鐘整，他們在碧潭東岸廣場起跑點碰面了，華燈初上，微風徐徐。

「十二公里大概要跑多久？」她對於運動沒有什麼概念，不想不懂裝懂，只好多問。

「我希望五十分鐘內跑完。」顯現他是有備而來。

「我在折返點幫你補給。」她邊說邊舉起手上拎著的香蕉、巧克力和開水，可見也做足了功課。

「謝謝！」他有點靦腆。

「夜間的碧潭挺美的，也因為你來跑步，我才有機會感受。」她想延續聊天的話題。

「是呀，這麼漂亮的夜景，跑步真是享受。」他呼應著。

「對於跑步，怎麼可以不認真呢？」她邊談邊笑，希望他想起那天在運動場上的不解風情。

「跑完再說故事給妳聽。」他又有些嚴肅了。

在折返點，她把巧克力塞到他口中，他超尷尬的，原本就火熱的臉龐，瞬間發燙，她則喜孜孜的，甜蜜在心頭。

他四十八分五秒跑完全程，她直嚷嚷要他請客。他們以起跑點的布置為背景，拍了第一張合照，雖然不是很親密，但看起來便知道是小情侶。

走向公車站的路上，他對她說了個故事。

「國小四年級時，我爸爸在一場車禍中過世，家中陷入一片愁雲慘霧當中，最糟糕的是我媽媽和阿嬤的關係日漸惡化，後來簡直是水火不容。那時候我經常做惡夢，夢見阿嬤要將媽媽推向山谷，媽媽拉著阿嬤一起跳下去，我變成了孤兒。一年後，媽媽離家出走了，那一天一大清早，她提著行李坐上了計程車，我衝出家門，邊跑邊哭邊喊，但追不到兩百公尺，整個人像撲街一樣跌倒在路邊，我相信媽媽一定看到那慘烈的一幕。當我爬起來的剎那，我告訴自己，一定要認真練習跑步，鍛鍊身體，或許我仍然追不上車子，但我不要再讓媽媽和所有人，看到我跌倒的樣子。」

「很抱歉，讓你再回憶起那段辛酸的日子，我終於知道你為什麼會那麼嚴肅看待跑步，而且跑得那麼認真。」她擦著眼淚，努力表達心中的不捨和體諒。

那天晚上，她知道他已經把她當作很特別的朋友，所以願意說出心中隱藏的痛苦記憶。

那天晚上，他有些懊惱，怎麼會對一個認識不到三個月的女孩子，講出塵封已久的祕密，是被下蠱嗎？還是自己定力不夠，意亂情迷？

暑假最後一天，他請她吃飯，兩人不約而同穿著藍色牛仔褲，默契逐漸加溫中。

「你請客了，誠意十足，但用完餐讓我付錢，好嗎？」她不想讓他有多花錢的壓力，小心翼翼的徵詢。

「不必付錢，那算請客，妳想太多了，我媽每個月固定會把生活費匯入我的帳戶，我和阿嬤生活無虞的。」他果然敏感，立即料中她的想法。

「哦！我只是希望不要帶給你任何負擔。」她想完整表達真正的心意。

「我比較擔心影響功課，還有別人的指指點點。」他得坦率說出憂慮。

「我的想法和你一致。Give me five.」她伸出手，和他一起擊掌。

「在學校我會低調到不行，假日我們一起讀書，誰校排名退步誰就請客。」

她不等他提議，趕緊拋出對策。

「又要請客，能不能改成跑步？」他又一次表現出他的實在，只是這回面帶笑容。

「想欺負我？」她嬌嗔的說著。

「沒有，沒有……」他有些招架不住了。

開學後，一切如常，沒有人在二年七班教室外想要認識陳政一，也沒有人在二年八班走廊打探方嘉琪，唯一煞風景的是包雅婷一天到晚逼著方嘉琪說出目前的愛情進度。

「坦白從寬，到底是三振，一壘安打，二壘安打，三壘安打？還是早就全壘打了？」

「妳真是有夠三八。」

「不肯透露，那我去問陳政一好了。」

「妳敢，我會把妳碎屍萬段的。」

「哦！這麼保護他，肯定已經嘗到甜頭了。」

「別鬧了，現在是四壞球保送。」

「沒聽過這種進度的。」

「就馬馬虎虎，普普通通，大家都可以接受嘛！」

每個星期日早上，她搭公車來和他會合，一起進入圖書館，一樣的後背包，一樣拎著 2000CC 的白開水。

上午時段，兩人隔得遠遠的，各自溫習功課。到了下午，才坐在一起，他為她講解數學的疑難問題，她替他整理較特殊的英文文法。

高二上第一次段考，兩人的校排名恰巧都進步了三名，他得到了姑姑的兩千元獎勵金，她死纏爛打硬是也從老爸要來了兩千元紅包，他的英文進步最多，她的數學令人刮目相看。

他們兩人吃了半隻烤雞，她陪他跑了五圈操場，他覺得吃太多肉了，以前不會那麼肉食性的，她汗水淋漓，通體舒暢，享受運動後的美好感覺。

「有人對你指指點點嗎？」她明知故問，就是要他知道，她是加分的人。

「沒有啦！只有阿嬤抱怨我比較少跟她聊天了。妳呢？」他實話實說，較少心機。

「只有包雅婷一天到晚打探愛情進度，有一次以要逼問你作為要脅，我只好隨便以『四壞球保送』唬弄她。」她想試探一下他對進度的看法。

「從沒聽過這種進度的，不過，太神了，太恰到好處了。」他在她面前第一次這麼放肆的大笑。

「都被逼問了，你還笑得這麼開懷，搥你哦！」她作勢往他的肩膀搥打，是很高明的撒嬌。

「好！好！好！不笑了，不敢笑了！」他舉手作勢阻擋，還是無法招架。

高二上，秋末冬初，第一道冷鋒報到，是他十七歲生日，她送他一條很別緻、很暖和的圍巾。

當她把圍巾纏繞到他脖子後，突然把他抱個滿懷，很柔媚的在他耳邊說：

「就是要這樣牢牢的把你圍住，你想逃也逃不了。」

他臉頰發熱，心跳加快，掙脫了她的熊抱後，卻主動拉起她的小手，很深情的回應著：

「當愛情來的時候，我確實想逃的，但妳營造了恰到好處的芬芳，讓我深深的被吸引著，現在已經心甘情願的留下來了。」

「方文山說：『跟初戀對象白頭偕老的機率比中樂透頭獎還要低。』你覺得我們的愛情會不會一不小心就褪去？」她想得到一些承諾。

「我會珍惜生命影響生命的美好。」他當然對愛情也有著熱切期待。

棒球不只是棒球

不懂，四月初不是應該春暖花開，涼爽宜人的時節嗎？為什麼卻連續兩天悶到不行？陽光被雲層遮得不留半點縫隙，就好像小時候玩老鷹抓小雞的遊戲時，躲在媽媽身後，緊拉著她的衣襬，扮演老鷹的爸爸到底多麼凶惡、伯嘉可是連瞧都瞧不到。更糟糕的，是再細小的樹葉，連動也不動一下，沒有　點兒風，整個大地的空氣似乎是靜止的，至少在球場上是這樣子的。

這種天氣下練球，就是沒勁，當然也不會有好心情。

「王伯嘉，你沒有吃早餐嗎？怎麼投出來的球一點尾勁都沒有？」教練又盯上了。

「……」怎麼可能沒吃早餐，不識相的才會回答。

「你有什麼心事？最近老是一副苦瓜臉。」教練不僅教球，還要觀察球員的行為舉止。

「……」一言難盡，還是不要說好了。

「我講過的，你喜歡棒球，才有可能把球投好，知道嗎？」教練還得講幾句激勵球員的話。

「知道了。」再不回答，就沒完沒了了。

的確，升上國三後，光是高中要不要繼續打球的問題，就夠讓王伯嘉煩了，再怎樣也不可能像以前真正喜歡棒球，那一段只要有球打，什麼都不重要的日子，著實令人懷念。

小學五年級，有一次九宮格投球的趣味競賽，王伯嘉投了三次，分別是七分，九分，九分。隔天，他便被棒球教練找了去，站上投手丘，丟了十二個球，再全力跑了一圈球場，那天放學時，級任老師、教練陪著他在校門口等爸爸。

「王先生，學校的棒球教練，覺得伯嘉很有投球的天分，希望你能同意他加入棒球隊。」老師展現出遊說的功力。

「真的嗎？」當別人誇讚自己兒子時，當爸爸的總是要懷疑一下。

「我第一次見到國小階段竟然能那麼穩定丟球的學生，如果你願意讓他投球，我會好好培育他的。」教練說得很真誠，期待搏得信任。

「既然教練那麼看重他，那就讓他試試，反正才國小嘛！」伯嘉的爸爸先看看伯嘉，一邊簽同意書，一邊回答。

就這樣王伯嘉成為娜路彎國小棒球隊第一位身高不到一百五十公分的選手。

其他選手像對待弟弟般的照顧他，他逢人就微笑，練球從不偷懶。投球時，他無法像大個兒選手飆球速，但控球奇佳。打擊時，他難以擊出長打，卻能謹慎選球，經常獲得保送。教練常常稱讚他，是真正用腦袋打球的球員。

更難得的，王伯嘉超會念書的，幾乎每次月考都能領到前三名的獎狀，或許也因為這樣，他的爸爸媽媽對於他練球、打球從不囉哩囉嗦的，他喜歡棒球的心情，也一直沒有受到干擾，直到六年級下學期。

國小畢業前的最後賽事，娜路彎棒球隊第一次打進前四強，和進學國小的三、四名之爭，教練知道對手打擊率很突出，放著速球王張太原不用，大膽的讓王伯嘉先發，教練連叮嚀了兩次：「他們出棒很積極，你只要把球投到好球帶邊邊角角地方，我們就有機會贏了！」

王伯嘉一球一球慢慢的投，他讓進學國小十八上十八下，沒有人越雷池一步，娜路彎隊則靠著張太原全場兩支陽春全壘打，以二比〇贏得了第三名。

戲劇性的比賽，將整個臺東縣國中棒球隊的搶人大作戰帶來了戲劇性的發展。

兩個星期內，有五個國中球隊教練登門拜訪，王伯嘉的爸爸都是這樣回答的：「我兒子考上東明國中資優班了，他不會再參加棒球隊的。」

王伯嘉很無奈，很沮喪，他那麼喜歡棒球，那麼認真的投球，卻連表達意見的機會都沒有，一連好幾天，他都夢見自己在球場上追著球跑，他愈是盡力追，球便滾得愈快愈遠。

有個晚上，教練來了，娜路彎國中的校長也來了。

「王先生，因為你兒子，娜路彎國小棒球隊才能獲得全縣第二名，現在娜路彎國中也要成立棒球隊，讓這些選手就近讀書，開心打球，連你信任的陳教練，我們也和國小一起共聘，請讓伯嘉的青春棒球夢繼續延續下去。」校長是有備而來。

「我和他媽媽都沒有要讓他走棒球路。」迂迴婉拒。

「才國中嘛！如果他能學業和打球兼顧，以後說不定路更寬。功課的事，我負責，打球的事，教練全力以赴。」這是險招，但足以令人改變心意。

峰迴路轉，王伯嘉進入娜路彎國中繼續打球，不過他比誰都明白，沒有優秀的學業成績，就不會有球可以打了，棒球，不再只是好玩的棒球，棒球是有條件的，棒球是有但書的。

國中一、二年級，伯嘉的功課仍是名列前茅，打棒球還是他最快樂的事，唯一較大的波瀾是簽名球被偷了。

幾乎每個棒球選手心中都有崇拜的棒球明星，像張太原打擊力面最欣賞林智勝，投球方面獨鍾王建民，有一回他把對手三振了，回到休息區，不斷嚷嚷著，剛剛的投球像王建民的伸卡球一樣有威力，直到教練告訴他，王建民從來就不會這麼臭屁，他才閉上嘴巴。

伯嘉的偶像是鄭凱文，他覺得鄭凱文的控球精準，更是中華職棒中最認真的選手，只有他會在每局投完球後，回到休息區拿起筆記簿寫下對戰心得，這種對棒球敬業的態度，讓伯嘉既感動又著迷。

終於等到機會了，有一次到花蓮友誼賽，被友隊教練招待去看球，他在球員下車的地方，等到了鄭凱文，興奮得說不出半句話，鄭凱文絲毫沒有架子的幫他簽了名，還摸了摸他的頭。從此這顆簽名球就像靈魂似的，被伯嘉收藏在打球的隨身背包裡，他總每次練習或比賽前後看看它、摸摸他，是榜樣的提示，也是無形的支持力量。

「不見了，伯嘉的簽名球被偷了！」張太原拉開嗓門向所隊員宣告著。

「哪個兔崽子幹的，趕快把球出來，否則我要搜身、搜背包了。」教練知道那球的意義，也不容許球隊有人做這種骯髒的事。

那天，大家簡直要把休息室給翻了，卻還是不見簽名球的蹤影。王伯嘉哭了，他沒有再說半句話，斗大的眼淚，沿著臉頰、脖子，潤溼了衣服，其他人繃著臉，想說句安慰的話，卻又像魚刺鯁喉，開不了口。

一連好幾天，他都失魂落魄似的，操照做，球照丟，就是不說半句話，整個球隊籠罩在一片低氣壓中，就是那種死氣沉沉的感覺。

「不要再難過了，找機會我們再去要一個。」張太原終於憋不住了，他覺得這樣下去會有人窒息的。

王伯嘉看了他一眼，沒有回話。

「那天你也看到的，大家都把口袋掏空，提袋掏空，就是不見那顆球。你再這副樣子，遲早有人發瘋的。」張太原想要澄清什麼，卻又有點胡亂表達。

「瘋了，我真的快瘋了。我寧願那顆球是有腳，自己走出去的，也不要是我們隊員偷的。你也是投手，當你站在投手板上，你只要想到背後的隊友，有人可能偷走你最愛不釋手的一顆球，你還能毫無顧忌的投下去嗎？」王伯嘉就快要像用吼的，將心中的想法攤了出來。

張太原不知道再說什麼，他流著眼淚，走了幾步，把王伯嘉緊緊的抱住，其他的球員也抱了過來，大家抱成了一團，像小嬰兒肆無忌憚的放聲大哭。

漸漸的，休息室又恢復了昔日的嬉鬧，有人說校花其實在家裡是很三八的，有人就算大家都不笑，也堅持要把他的超級笑話講完。或許是哭得淅瀝嘩啦的那天，淚水已沖淡了猜忌，或許是時間總有本事，抹去青春不愉快的記憶。更有默契的，是球隊裡不會有人再提起任何有關簽名球的事。

沉悶的天氣依舊持續著，一直到傍晚樹梢才有些心不甘情不願的晃動，雲層被高空稍大的氣流緩慢的帶離，一層、一層、又一層，終於夕陽露出了微笑，雖然僅是微光，倒也讓王伯嘉鬆了一口氣，紓解了緊繃的臉。

不僅是王伯嘉，其他的隊員也同樣倍感壓力。一方面要積極備戰好不容易取的全國賽，假如幸運進入前八強，就能保送臺東體中；另一方面則要多花時間溫習功課，以防保送不成，得報名參加會考。

「還是會讀書的比較沒有煩惱，就算要會考，伯嘉也能輕鬆的去讀臺東體中，甚至臺東高中。」

「不是沒有煩惱，是不一樣的煩惱。我們的煩惱以後沒有球可打，他煩惱以後要不要繼續打球。」

「至少他有決定權了，而我們還在茫茫大海當中等待救援。」

「也不一定，他老子會有意見的，我們也可以靠自己殺出重圍。」

王伯嘉和教練站在門外，聽著兩位隊員在休息室內的閒聊。然後他們不約而同露出了苦笑，也許兩人苦笑的著眼點是有差異的，但無疑的，他們都覺得，棒球的複雜因素，已悄悄襲來，襲進了每個選手的心中。

「伯嘉，你還是要找時間和你爸爸媽媽聊一聊，確定未來的方向。」教練很誠懇的提供意見。

「我連自己都還沒想清楚，怎麼和他們討論，更悲觀的，也不曉得有沒有討論的空間。」伯嘉很老實的講出現況。

「不管如何，我總覺得你未來有機會像林華韋一樣，當國手，當教練，當教授，當大學校長。」教練很大的鼓勵，很深的期待。

「謝謝教練，全國賽我會盡全力爭取勝利，希望他們都能到體中打球。」伯嘉覺得那是當前最重要的事。

青春，就是有時候心裡想的，嘴巴說的，和實際上做的，會有很大的差異，這不是心口不一，也不是言行不一致，而是一種生命的彈性，生活的可能，它捉摸不定、不易，所以不一定要以很嚴肅的態度去看待。

伯嘉雖然下午在球場上還跟教練表示，關於升學問題，自己沒有想明白前，不會和爸媽討論，但今晚用過晚餐，老爸找他的好友喝茶聊天去了，老媽閒坐在客廳沙發上聽著李宗盛的《山丘》。《山丘》，不是伯嘉喜歡的音樂，但他輕輕的移動了腳步，在媽媽的身邊坐了下來。

「哦！我兒子今晚不一樣耶！」大人雖然情感逐漸疲乏，但對兒子突然親近的敏感度總還是有的。

「……」伯嘉故意一臉陶醉，繼續聆聽音樂。

「嗯！竟然演起戲來了。事情不單純吧！」大人就是這麼不解風情。

「……」伯嘉閉著眼睛，搖頭晃腦的沉醉在《山丘》的旋律中，直到曲目結束。

「好了啦！別再演了，遇到什麻煩事了？」這招叫做有話快說。

「媽媽，我國小、國中都能打球和學業兼顧，您覺得升上高中，我還能這樣嗎？」這招叫做開門見山。

「茲事體大，你的想法如何？」這招叫做四兩撥千斤。

「就是想不透，才要找您指點迷津。」這招叫做想要脫身，談何容易？

「哦！我兒子又要面臨人生重大抉擇了，這事真得好好思量，從長計議。」這招叫做緩兵之計。

「媽，如果我認為自己練球不會影響功課，您會支持我嗎？」這招叫窮追猛打。

「伯嘉，照道理是要支持的，但高中課程很吃重的，不是你有信心，就一定不會發生問題，遇到困難的。」這招叫做實話實說。

「媽，有您的支持，我才會信心倍增，就算有了挫折，也能勇於面對。」這招叫直搗黃龍。

「好！只要你想清楚、想明白、想透澈，做出的決定，我全力支持，並且努力說服你老爸。」這招叫做母子同心。

媽媽是個低調的人，她很少高談闊論，但答應的事會盡力的做到。有了媽媽的背書，伯嘉的壓力減輕不少。

一樣是個悶熱到不行的日子，教練帶著球隊來到體中進行友誼賽。雖然明著說是友誼賽，但其實是希望球員適應球速快，打擊力強的對手，因為全國賽等於是青少年棒球菁英的會師，強中自有強中手，在球場上，打擊被投手壓制了，或是投手招架不了對手的猛攻，都會是兵敗如山倒，輸了球，更可能輸掉整個士氣，所以前來體中被「教訓」，早就是訓練的重要規畫了。

體中的教練先引導娜路彎國中球員們參觀球場、宿舍、和訓練器材，大家好像劉姥姥逛大觀園似的充滿驚奇。

「哇！有跑步機，還有重量訓練機，舉重槓鈴，簡直是健身中心。」

「有食譜，還要上瑜伽課。」

「每個人都有自己的書桌、書櫃、衣櫃，交誼廳可以打撞球，也有遊戲機。」

「希望你們全國賽打進前八名，一起到這裡再當同學、當隊員。」體中教練看到球員們羨慕的眼神，藉機鼓勵著。

熱身後，便展開友誼賽。頭兩位投手各投一局，失六分，第三局換上張太原，三上三下虎虎生風，第四局雖然被打了安打，卻沒有掉分，第五局或許是球路球速都被掌握了，連三名被打安打，攻占滿壘，教練換上王伯嘉止血，伯嘉不負眾望，僅在七局一個失投球保送對手，其餘上場的都遭到三振，至於進攻部分，被完封就是本來的預期，意外的是，僅有五人遭到三振，好幾個球員都還能打的到球，其中張太原更打出一顆幾乎要飛出全壘打牆的中外野高飛球。

這樣的友誼賽結果，陳教練覺得不意外，勉強可以接受，但體中教練卻直呼不可思議，尤其對於王伯嘉的控球驚豔不已。

「喂！學弟，想不到你們國中球隊竟有這號人物。」

「他從國小就是個非常穩定的控球型投手。」

「不管你們有沒有打進全國前八名，這小子我要定了。」

「這恐怕不容易，這孩子不僅球投得好，學業成績更是非常優異，上星期模擬考，他是我們學校兩個五A的其中一個。」

「哇！這可傷腦了，臺東高中肯定也會強力遊說，另外，他如果在全國賽表現正常的話，那些有錢、有資源、敢承諾的球隊，想必一定會要網羅他，到時一場搶人大作戰恐怕避免不了。」

「他的爸爸媽媽會有主見的，這孩子也很有自己的想法。」

「不管，到時候你務必要幫忙，甚至我們要先下手為強。」

在回學校的車上，伯嘉和張太原對於今天體中之行，有著這樣的對話：

「太帥了，如果能來體中打球該有多好。」

「原來高中球隊和國中球隊有這麼大的差別，不僅場地好、設備好，連這種友誼賽，都有專人紀錄球員的表現，然後加以分析。」

「你真的比較細心，連這些都觀察到了。」

「資料的蒐集、分析，也都是棒球的一環，今天真的開了眼界。」

兩星期後，全國賽登場。共計有二十二支來自各縣市的勁旅，區分成四組進行初賽，每組取前兩名進入複賽，初賽採雙敗淘汰制，複賽則以循環賽積分決定名次。

對娜路彎隊而言，此次賽事的成敗指標再清楚不過了，只要能打入複賽就是符合期待，萬一在初賽就得打包回家，那便是挫敗。更明白的講，娜路彎隊在初賽就必須精銳盡出，全力以赴。娜路彎隊的最大優勢是第一次參加全國賽，其他球隊很難知道他們真正的實力，優、缺點不易被洞悉，但這也是令人擔憂的地方，沒有參加重大比賽的經驗，抗壓性較脆弱，情緒的表現較會影響戰局。

前兩場比賽，娜路彎隊靠著張太原、王伯嘉一剛一柔的球路壓制，分別以九比二和六比〇，輕鬆的贏得勝利。但第三仗遇到的是去年第三名中平國中隊，雖然只要贏了對手，就是勝部冠軍，就提前取得複賽門票，然而陳教練由情資及前幾場的觀戰，研判想要強渡關山機會渺茫，他的策略是以第三號投手上場，如果前三局能與對手打平或小輸，那麼後面的局數就會以最佳陣容應戰，全力求勝；相反的，假如前幾局就被拉開比數，那就只好保留實力在敗部中突圍。果不其然，一開賽，中平國中一輪猛攻，一下子就以七比〇懸殊的比數遙遙領先，最後娜路彎隊以十二比三輸了這場比賽。

落入敗部後，娜路彎隊遇上了去年第七名的新昌國中隊，這支隊伍攻優於守，打擊的爆發力特強。陳教練沒有多做考量，或者應該說根本無須考量，便決定以王伯嘉掛帥主投，希望能達成以柔克剛的效果。

令人意外的是一向控球穩健的伯嘉，竟然一上場連投了四顆壞球，將對手的第一棒保送上壘，此時捕手喊了暫停，來到投手丘安撫伯嘉的情緒，同時要他稍加修正投球進壘的角度。恢復比賽之後，伯嘉擦去汗水，做了幾下深呼吸，然後投出一顆正中直球，球一投出，伯嘉便有了不祥的預感：投得太甜了，打擊者如果揮棒，大概會打得滿遠的吧！這是大忌呀！將前一名保送，這名上場一定猜到我會搶好球數，也必然會積極揮棒。果真如伯嘉所料，對手第二棒奮力揮擊，將球掃出全壘打牆外，以二比〇領先。陳教練喊了暫停，他告訴伯嘉：慢慢來，一球一球慢慢投，對手嚐到了甜頭，接下來會一個比一個更積極出棒，失兩分不算什麼，他們防守較弱，我們仍然大有可為。

陳教練的話僅講對了一半。伯嘉迅速回穩，讓對手只三次零星上壘，其中十三人次遭到三振；可惜的是，對手的防守，固若金湯，更演出五次的雙殺守備，讓娜路彎在計分板上掛了六個零蛋。

但棒球最迷人的地方，就是只要球賽沒有結束，球場上就會隨時有著風雲變色的可能。

七局下，娜路彎隊最後的反攻機會，新昌國中換上了王牌後援投手，身高一百七十九公分，球速一百三十公里以上，擺明了就是要用速球懾服對手，收下勝利。第一位上場打擊的是伯嘉，他把身體盡可能的蹲低，壓縮好球帶，要到了保送，第二位上場的球員在揮空了大棒之後，往休息室走了幾步，陳教練遞給了止滑粉後，在他耳邊說了幾句連地上螞蟻都聽不到的悄悄話，重回打擊區，投手突然來了個慢速曲球，打擊者瞬間擺出短棒，球沿著三壘緩慢的滾著，投手和三壘手都趕著過來撿球，結果誰也沒把球撿起來，倒是兩人撞了個四腳朝天，沒人出局，一、二壘有人，難道陳教練所預言的「大有可為」，此時才要應驗嗎？第三名上場打擊的是張太原，他一站上打擊區，便也擺出了短棒，有沒有搞錯呀！第四棒竟然要短打，不只對手疑惑，連隊員們也個個面面相覷，一副不可置信的模樣。投手稍往高角度方向用盡全身力氣投出，張太原迅速收回短棒，看準這顆高高的快速直球，扭腰出棒，球像流星一樣，劃過球場上空，越過全壘打牆，越過了球場，消失得無影無蹤。

再見全壘打，特大號的再見全壘打，將新昌國中由天堂打入地獄，將娜路彎隊打入複賽，將娜路彎球員打向臺東體中。

在接下來的賽事中，娜路彎隊釋放了壓力，談笑用兵的快樂比賽著，先在勝、敗部再度對壘的戰役中，以一分之差，贏了中平國中，報了一箭之仇，然後在複賽的六場賽事中，三勝三敗，最後以第三名之姿凱旋而歸。回臺東的那天晚上，學校操場就像個嘉年華晚會的現場，除了載歌載舞和美食之外，有歡笑、有淚水，還有很真摯的勉勵、感謝和祝福的話語。

激情過後，伯嘉靜下心來準備會考，他沒有意外的拿到五A的好成績，其中國文、數學、英文更是A＋的特優表現。

放榜當天晚上，爸爸媽媽帶他回鹿野老家祭祖，回程中爸爸對他說：

「你是個懂事的孩子，接下來的路我們不會替你做決定，只要你想清楚，爸爸和媽媽都支持你。」

伯嘉先是用眼神向媽媽道謝，然後有點靦腆的說：

「我認為如果就讀高中，就無法再打球了，但是到體中就讀，我便可以既讀書又打球，我喜歡棒球，我也會好好念書的。」

「能不能告訴我們，你喜歡棒球的原因？」媽媽追問著。

伯嘉想了一下，有點零落的回答著：

「我覺得棒球其實不只是棒球，棒球有淚水，有朋友，棒球……棒球好像有很多東西是可以好好研究的。」

「哦！原來我兒子不僅想打球，還想研究棒球呢！」爸爸說出了自己的意外發現。

一個人去旅行

高二的暑假，我突然像中邪似的煩悶、焦躁，做什麼事情都提不起勁，看什麼人都不順眼。我不知道自己怎麼會變得如此詭譎乖張，更糟糕的，是我似乎找不到可以改善的方式。於是，我想離家出走，到異地好好沉澱。

我嘗試徵詢幾位好朋友的意願，有人嗤之以鼻，有人覺得很屌，但要好好想想，有人提了一堆意見和條件，仍無法確認同行。就這樣「一個人出走」的意念開始萌發。接下來便是尋求支持與支援：

「爸，我最近煩透了，想一個人去環島，好好靜靜，好好想想。」我總是要鼓起勇氣的。

「嗯！旅行確實可能是一種療癒，但如果一個人可得好好安排。」雖然沒有爽快答應，但已表達出贊成的意思。

「我的儲蓄有限，需要支援。」開門見山有時比迂迴轉進來的有用。

「你先規畫行程，提出經費概算，我們再討論分擔的比例。」果然薑是老的辣，不輕易亮出底牌的。

我用了兩天時間，完成旅程的各項張羅。行程的重心擺在高屏及宜花東，住宿以救國團青年活動中心及平價旅館為主，交通方面則購買臺鐵環島周遊票。我是去修行，不是享樂的，刻苦一點，旅行才更有可能是成長的開始。

我由零用錢的儲蓄提領四千元當作旅費，老爸也支援我對等的費用，並要求我每天要寫旅遊筆記和報平安，看出他對我的出走充滿期待和祝福。而我在有點興奮，有點害怕的心情下，展開了人生第一次一個人去旅行。

一個人旅行，雖然沒有伴侶的羈絆，行程和時間上都有著較充分的自由度，但旅行畢竟不是流浪，還是有明確的去處或目標景點。

安平樹屋，是我在臺南唯一的行程。在聽完導覽員的解說後，我並沒有如他建議的，在樹屋間穿梭和走跳，我找了蔭涼處，靜靜坐下來仔細端看樹與屋共生的樣態。這屋原是德記洋行的倉庫，因製鹽行業的沒落而荒蕪，榕樹的種子趁勢落地生根，蓬勃生長，與屋並立。由於樹根沿屋直角生長，一度被形容成魔神仔附身，成為附近居民口中的鬼屋；後來經一番整修，設置木棧道，並且列為歷史風景區，成為今日的安平樹屋。

是啊！有整修才能重生，安平樹屋如此，我們的心靈也是如此。

離開臺南，傍晚時分我來到高雄西子灣。

西子灣有著得天獨厚的天然礁石海岸與淺沙海水浴場，是欣賞夕照極佳的地點。

隨著白晝與夜晚交替的時光接近，夕陽漸漸由海平面消失，此時水面反射的漸層光暉煞是黃昏的美麗，令人迷茫、令人陶醉著，目光緊緊盯著海面直視，深怕一稍微眨眼，這美景便消失得無影無蹤。

但美好時光總是易逝的，黑夜慢慢籠罩港灣，人潮瞬間散去。忽然，我向遠

方遠眺，竟清楚看見旗津島嶼上旗後燈塔的光亮。原來就算黑夜來襲，我們也還有可能遇上另一種的美麗。

我在高雄的夜晚踽踽獨行，眼前的萬家燈火璀燦明亮，卻讓我這異鄉的遊子，有一種莫名的空虛與孤獨。

入住膠囊旅館後，置身於僅能容納一個床位、一個人身的狹小空間，愁緒便像雲霧在山林之間，一縷一縷襲來。沒有人可以交談，沒有人可以閒聊，無法大步走動，無法恣意放聲，我彷彿被桎梏了，被強大的蠻力給束縛了，我想逃離，我就要奪門而出了。

當我拿起行囊，一眼瞧見蔣勳的《孤獨六講》，這是我這次旅行，所攜帶的唯一一本書。我打開了書，心慢慢平靜下來了，仔細的領略著蔣勳對孤獨的詮釋：寂寞會發慌，孤獨卻是飽滿的；面對孤獨，像是心靈的調節劑，像是一種意想不到的人生養分。

我不再覺得恐慌，不再覺得壓迫，我依伴著孤獨，闔眼入眠。

喔！閱讀不僅是資訊的累積，視野的開拓，也是令人平心靜氣的安穩力量。我很慶幸，帶著書旅行，感覺有個人，有個引領的人陪伴著。

當我腦海裡還不時浮現膠囊旅館狹小又簡易的陳設時，窗外的遠處已有了海的影像。就視野而言，夜間的極度狹窄，白日的無限寬闊，形成了有點還來不及調適的對比。

午後，我在恆春的古城牆邊閒逛，看見一位年齡大約大我三、四歲的年輕人正在寫生，我不知道哪裡來的想陌生人講話的勇氣，慢慢走近了這位似乎很專注的畫家。

「你好，我是來這裡旅行的，可以欣賞你的作品，可以和你說話嗎？」我遞出了橄欖枝。

「ok啊！」他抬頭看了我一眼，停下了畫筆。

「你是學西畫的？畫畫一定讓你的生活很充實吧！」

我從小就愛塗鴨，現在就讀臺南藝術大學，寒暑假喜歡到處玩，到處寫生，特別對古蹟有濃厚興趣。」

「咦！你畫中城牆的顏色怎麼比實況黯沉了許多？」

「是啊！我們古蹟的修護為了吸引遊客，有時總會較鮮豔亮麗，可是這也可能少了歲月痕跡的味道，所以我在作品中刻意將顏色調整得黯淡一些。」

「嗯！你的作品更有古蹟的感覺。」

我和這位很有見地的畫家又聊了一會兒，還互相留了姓名、電話和地址。

的確，我們的周遭充斥著過度包裝的情形，食品如此，用具如此，就連古蹟也難以倖免。我很幸運交了一位畫家朋友，更由與他交談中有了很難得的獲益。

至於哪來的勇氣主動認識新朋友呢？我想還是一個人旅行所鼓舞的吧！當你身邊沒有同伴，你會更注意，更在乎視線內各項人、事、物，你也會想要更深入的加以認識和了解，這大概是獨自旅行最大的優點！

傍晚整個墾丁大街和沙灘人山人海，人潮好像就要淹沒這個南臺灣最盛名的觀光勝地。於是，我反其道而行，關在房內閱讀和小憩，期待領略深夜不一樣的墾丁。

其實小時候我便和家人前來墾丁旅遊多次，但卻沒有深刻印象。也許對小孩子而言，旅行的目的不在於去了什麼景點，有多少不一樣的體驗，而在於有空白的時光，盡情的做著想做，且大人都不會管的事情。

入夜後的墾丁，遊客大概都拖著疲憊的身驅，在舒適的旅館中呼呼大睡了，

此刻我卻帶著小手電筒，披著薄外套在沙灘上信步的走著，微風徐徐，陣陣清涼拂面而來，滿天星斗，此時的夜空倒比人間更加熱鬧，而潮水很有節奏的向前湧，再向後退，彷彿是大海規律的呼吸。

走著走著，突然好想觀看明亮燦爛的星辰，於是，我在一處感覺很乾淨的沙灘躺了下來。接著，我開始試著與內心深處對話。

「我到底在煩什麼？怎麼會如此惶惶不安？」

「哦！我害怕五個多月後的學測考不好，我看到很多同學報名補教的衝刺班，而我連個讀書計畫都還沒擬訂，我想的很多，卻一直無法踏實的去做。」

「既然沒辦法妥善規畫，並且按部就班的讀書，那就去參加補習班的衝刺課程吧！」

「我想學著計畫自己，實踐自己，我對自己有信心，也充滿期待。」

「那就不要太理想性，很多事情不可能一次到位，邊做邊調整，反而是較務實的。」

「嗯！讀書計畫是否完美不是重點，重要的是靜下心來，依進度有成效的複習。」

哇！我進行了一段自己和自己的對話，這樣的經驗好奇特，好真切。我找到煩躁的根源，同時有了克服的對策。

這一夜我睡得好熟，睡夢中，我不斷給自己又長又響亮的掌聲，也露出許久不見的笑容。

隨著南迴線火車一路的搖搖晃晃，我來到了東臺灣，由乘客上、下車的速度和動作，由乘客在車廂內都近似話家常的聊天，我很自然的感受到「慢活」的氛圍，慢活，對青春正盛的我而言，是不容易的，但我要試著感受，試著融入。

下午三點多，我在下塌的原民會館眺望，發現不遠處有好大一片蓊蓊鬱鬱的林木，就這樣我走進了令我無比驚豔的臺東森林公園。

既然是森林公園，尤其是都市的森林公園，那原生的風貌、神祕的感覺，必定是少了些；但植栽的多樣性，林木的蓬勃生長，仍教人在這綠意盎然的景點目不暇給，而且很自然而然的「森」呼吸。

臺東森林公園讓人流連的除了綠樹，更有三個各具特色的湖泊——活水湖、鷺鷥湖、琵琶湖。我格外鍾情琵琶湖，非常有層次的湖水色澤，如夢如幻的倒影，彷佛置身在歐洲鄉間旅遊的浪漫，使人陶醉，使人忘返。

許多遊客或是在地住民在林間走道快走健身，也有人租用腳踏車，加速瀏覽園區風光，但我卻踽踽而行，有時攀爬上樹屋小憩，有時在涼亭上閒坐，有時朝著湖中被微風吹動的波紋發呆。

走著走著，忽然聽到了歌聲，原來是一位原住民，一邊種著小樹苗，一邊忘情的哼起了歌。我放慢放輕了腳步走近，端詳他植栽的模樣。他看見我了，也停止了哼歌。

「年輕人，來我們臺東玩哦！」

「是啊！我從嘉義來，一個人要繞著臺灣到處走走。」

「真好，年紀這麼輕，就可以到各地玩。」

「是心情很不好，才想出來透透氣的。您現在種的是什麼樹苗？」

「這是臺灣欒樹。你如果不開心，來我們森林公園就對了，這裡這麼遼闊，每一棵都長得那麼好，每一朵花都開得那麼漂亮，你多看看它們，心情就會不一樣了。」

「對呀！這裡讓人覺得很悠閒，還有您的歌聲，聽了就令人感到很親切、很放鬆。」

「沒辦法，我們原住民就是愛唱歌，我們不會想太多，想太多也沒有用，想太多就不快樂。」

這位名叫巴魯的布農族原住民，他沒有使用Fb，留下了地址和電話給我，還為我拍了好幾張照片，拍照時，他堅持我一定要哈哈大笑，逗得我差點求饒。好樂天的原住民朋友，他不會講大道理，卻讓我看見快樂，更把快樂很不留痕跡的感染給我。我才離開他幾步，又聽到很悅耳的歌聲。

從臺東到花蓮，火車在臺灣最狹長的綠色走廊——花東縱谷中行走著，沿途飽覽富於變化的田園景觀、平原和臺地夾雜的地形中，各種稻田、果園、牧場、菜園風光盡收眼底，我還偶然瞥見山谷中裊裊炊煙。

花東縱谷介於中央山脈和海岸山脈之間。坐在火車上向右看是海岸山脈，由於較平緩，很多時候可以盡觀全貌；向左看則是高聳的中央山脈，就算視野拉遠，也很難一窺山頭。我突然想到，對於住在西部的人們，是該對海岸山脈，中央山脈懷抱感恩的，因為每年夏季颱風肆虐，這兩座山脈首當其衝，為我們的家園抵擋強大風勢，免除了不少重大災情。

到了花蓮已是華燈初上，由於花蓮青年活動中心離火車站有些距離，我向一位貨車司機詢問交通狀況，想不到他二話不說，便招手要我上車，本能的防衛心讓我猶豫了一下子。

「放心啦！少年仔！你是我這個月載的第三個背包客。我們貨運公司就在活動中心附近，我只是順路載你過去而已！」

「真不好意思，剛剛遲疑了一會兒，別見怪。」

「沒關係。不過前兩個背包客都有講旅行的故事給我聽，你也可以講一講你旅途中發生的事情。」

好一位熱心的陌生人，好一位愛聽故事貨運司機，我和他分享在臺東森林公園遇到的原住民巴魯的樂天，更在下車之前，和他成為Fb的好友。

隔天，在前往太魯閣的車上，我和一位大約六十多歲的外國背包客比鄰而坐，當我們兩人第一次兩對眼睛相視，彼此都露出非常友善的笑容，也開始了熱絡的交談。

「你好，我叫約翰，來自美國賓州，是一位小學的校長，這幾天在臺灣旅遊，你也是一個人旅行嗎？」

「是的，我叫彼得，這是我第一次自己旅行，住在臺灣嘉義，目前就讀高中二年級。」

「真棒，這麼年輕能一個人旅行，感覺如何啊？」

「我是因為心情煩悶，才決定獨自一人環島，沒想到心情因此變得開朗，而且體會很多，還交了新朋友。」

「太好了！很高興聽到你這麼棒的體驗在你的高中生涯。我是五十歲之後才開始利用假期到各地旅行，目前已經去了二十八個國家，我會把旅遊的經驗和我的家人，學校老師、學生分享。」

「哇！和你豐富的旅遊經驗比起來，我更要努力去探索了，也謝謝你提醒我分享的重要。」

「各個地方的風景和文化都有不一樣的特色，實際的去參觀了，才能領略其中的壯麗與意義。」

「嗯！我知道了。」

「而且等你旅遊一段時間後，你會發現同一個地點你二十歲去、四十歲去、六十歲去，你所看見的，所體會的，也會不同。」

「再次的謝謝你，我之後會去嘗試的。」

「我很遺憾沒有在年輕的時候就開始旅行，以為要存夠錢，要等孩子大了，出來旅行才能放心。但其實我發現真正的旅行是不用擔心太多的。」

「是的，我記住了，我會經常地去旅行，用我自己的方式，去發現這個世界的美好。」

約翰和我都互留了Fb也一起合照，我又交了新朋友，還是一位旅行的老手、行家呢！

告別花蓮，來到了宜蘭。一走出宜蘭火車站，幾米廣場便深深吸引了我的目光，哇！〈向左走向右走〉、〈星空〉、〈地下鐵〉等故事場景、人物，竟都轉化成實體的藝術空間，讓人在旅行中還能沉浸於幾米繪本世界的想像與趣味，真是驚豔！尤其那高掛在鐵樹森林中的星空列車，簡直把遊客的心都融化了，所有旅途的疲憊也在剎那間煙消雲散了。如此用心的結合藝術的城市行銷，是該大大給予肯定和鼓勵的。

午後在羅東運動公園徜徉，有時快走，有時閒步，有時仰望藍天，有時俯瞰綠地，廣大的園區足以在此消磨一整個下午，心情是輕鬆自在的，身體是舒暢快活的。傍晚則住進了一家標榜「便宜實惠，卻能十足給你家的感覺」的民宿。

才一進門，主人便笑容可掬的接待著。晚餐時，三位房客和民宿一家人圍成一桌用餐，還真有「家」的 feeling 呢！餐後，主人送上了非常道地的宜蘭三星桔茶，很有甘醇的口感，然後好像布道般滔滔說起了他的「民宿經」！

「民宿，真正的民宿就要像我這樣，和客人一起住，一起用餐，沒有特別豪華的設備，但收費也相對的平價。那些動輒一、二十間住房的，動輒住一晚收費七、八千元，甚至上萬元的，根本就是掛羊頭、賣狗肉，他們經營的是旅館，不是民宿。但政府都不管。」

「政府不管的，不是只有這個，農舍蓋成了豪華別墅，林地都開闢成茶園了。」一位看起來約三十多歲的房客回應著。

「原來你們也有注意這些，我以為只有我們這些守規矩的民宿業者憤憤不平的發牢騷而已。」民宿主人似乎找到了知音。

「老闆，你們這些心聲應該說給主管機關的官員們聽。」另一位似乎是大學生的房客也發表了意見。

「有啊！那些做官的，竟然說規範太多，查緝太嚴，會引起民怨。真是天地顛倒，他們害怕有錢人反彈，卻不顧守法的業者沒飯吃。」

「老闆，我覺得你這間才是『正港』的民宿，下回我來宜蘭，一定再來這裡住。」我也趕緊回應，並且送上溫暖。

離開客廳，回到房間，我的腦海裡還出現著超級豪華和簡單樸實民宿的對比畫面。老實講，民宿到底怎麼定義的，我真的不懂，但這些社會問題似乎值得了解，值得關注。

到了臺北，為了和好一陣子沒有謀面的小姑姑、小姑丈敘舊，當然也有點為了省住宿費，我決定在他們家過夜。當晚陪姑姑在大安森林公園散步，一邊走，一邊分享著我一個人旅行的見聞和心得，她再三的表示，想不到獨自旅行有這麼多的驚奇，這麼豐富的感想。

隔天早上，我原本規畫去101大樓覽勝，但後來接受姑姑的建議，前往青田街、臺北光點附近的街道閒晃。想不到逛著逛著，竟讓我感受了臺北另一種恬靜，飽滿的美感。青田街周邊本身就是文教區，自然有著雅適卻不浮華，靜謐但絕不孤陋的氛圍。至於臺北光點附近的巷弄則令我有著意外的深刻感受，由車水馬龍的中山北路轉進，很自然的，腳步便慢了下來，兩側商家或住戶配合臺北光點的文化氣息，布置著簡單而精巧的裝置藝術，吸引著遊客的目光，一條約莫百米的巷子，有人寫生，有人拍婚紗，更多的是，紛紛拿起手機，捕捉這極具藝文氣氛的街景。

一個城市是會有不同風貌的，當我們由不同的角度、不同的面向去觀察、去走讀，便能深刻領略。這是我這次極短暫旅居臺北的最大感觸。

旅行至此，我覺得心平靜了、踏實了，因此取消了接下來原來計畫的新竹、臺中行程，直接搭車返回嘉義。

我真的沒有想到，突發奇想的一個人去旅行，可以讓自己看得這麼多，見識得這麼廣，也感受得這麼深刻。這趟旅程或許還不能稱得上是人生的轉捩點，但起碼是我青春修鍊的關鍵。

我珍惜一個人去旅行的所有收穫，並期待另一次一個人的旅行！

苦瓜男孩

蔣勳這個月月底要到C大來分享他在臺東池上駐村的心得，講題「大地行走」，超吸引人的。今天九點始索票，我八點五十分就到了文化中心門口，為了自己難得的從容，竟有些小小的得意；可是為了找個停車位，我沿著文化中心周邊道路一圈、一圈又一圈的繞著，原本的得意，竟慢慢的轉變成焦慮。

「吱嘎——」，突然一輛摩托車從巷口衝出，我緊急踩了煞車，也聽到對方的煞車聲，摩托車擦撞了汽車，雖然撞擊力道不強，但仍倒了下來，我的焦慮頓時化為倒楣的感覺，正當我下車要查看時，對方也由跌坐在地迅速站了起來。

「阿伯，你有受傷嗎？」

對方沒有回應我，忙著將倒地車子扶起，摩托車的車籃似乎和汽車的前保險

桿卡住了，我正想協助時，阿伯突然很用力的拉扯了一下，他的車籃掉了下來，我的前保險桿右側也被扯落。

「哇！現在的車子怎麼跟紙糊的一樣。歹運啦！別計較啦！自己去修理自己的。」說著，說著，阿伯已經跨坐上車子，發動後準備離去。

「阿伯，叫警察來量……」

「免啦！沒受傷，不必勞煩大人，歹勢啦！」

阿伯已騎離了一、二十公尺，還回頭跟我揮手致意。

當我找來繩子固定好了保險桿後，前方的路邊停車格也有了空位，我索取了門票，十分鐘後，來到了「翔順汽車保養廠」。

「師父，我車子的前保險桿一邊掉了，幫我……」我話沒講完，一位皮膚黝黑，身體結實壯碩的年輕人轉過了身，瞪大了眼睛看著我。

「老師，我是苦瓜。」年輕人露出了很燦爛的笑容驚奇著。

「苦瓜，你在這裡喔！做多久了？」我一掃剛才倒楣的感覺，鬱卒的心情，欣喜了起來。

「快三年了，我白天工作，晚上在〇〇科大讀書，再一年多就畢業了。」

「不錯，很認真。」我對苦瓜豎起了大拇指，那是一種老師對學生很真摯的肯定。

「老師，您坐一下，喝杯茶，我馬上給您的車子六星級的服務。」苦瓜引導我到休息室，用茶包沖了熱水，很恭敬的放在我面前。

「苦瓜，那就麻煩你了。」我拍了拍苦瓜的肩膀，刻意將臉側了一邊，在學校總是嘮叨的要學生對師長稱呼「您」，但他們也再三的以彆扭回應我，剛剛清楚的聽到苦瓜對我稱呼「您」，眼眶忽然泛紅了起來，學校沒教好的，孩子竟然在職場上學會了，一種摻雜著高興的慚愧。

「苦瓜」的綽號雖然不是我取的，但卻是我引發的。

苦瓜是我擔任教職五年後調回家鄉所帶班級的學生，那時他們班由國一要升上國二，我擔任導師，教他們國文。依稀記得當時教務主任是這樣對我說的：

「這個班一年級的老師身體瘦弱，卻意外懷孕了，為了保住孩子，只得請假在家臥床，後來接任的三位代理老師都沒能帶到孩子的心，整個班級大概就一個『野』字可形容，因此要麻煩你多費心了。」

我是剛介聘到校的菜鳥老師，對於即將接任的班級，雖然早有些心理準備，但聽到「三位代理老師」、「野」，還是讓我頭皮發麻，背脊冷汗直流。尤其那個「野」字，讓我想到在山林中放肆的獠牙山豬，在酒店裡咆哮的失態醉客，在鬥牛場眼睛滿布血絲，橫衝直撞的牛隻，還有小時候不管大人再怎麼三令五申，耳提面命，仍會想盡辦法溜到野溪去戲水的孩子。更恐怖的，我的腦海裡竟然出現了，我在臺上口沫橫飛，他們在臺下張牙舞爪，彷彿就要衝向前來，把我惡狠狠趕出教室的畫面。

開學第一天，我在臺上講了近二十分鐘的話，內容大體上是勉勵他們「用盡所有的努力，讓青春燦爛精采」。當我還在為他們仔細聆聽而頗感欣慰時，突然瞥見第一排最後一個大男生竟不斷的閉眼點頭。好呀！臭小子竟然不把我放在眼裡，瞧了一下座位表，這傢伙叫紀南昌，不知道是不是對文字向來敏感的作祟，看到這名字，差點噗哧笑了出來，「紀南昌」，如果僅叫名是「南昌」（男娼），假使只念姓名的前兩字「紀南」（妓男），怎麼會取這樣的名字呢？

我從隔壁走道，不動聲色的來到紀南昌的左後方。哇！這小子在幹麼，竟然脖子曬得如此黝黑，是在大太陽下做苦力，還是整個暑假在街頭閒蕩？

「你怎麼九點鐘還不到，就開始打瞌睡了？」我輕輕拍了他肩胛骨，順勢把他由位置上拉了起來。

「老師，紀南昌每天都要一大早去摘苦瓜，他睡眠不足啦！」他睡眼惺忪靦腆的看著我，旁邊看起來有點調皮的同學幫他作了回答。

「所以，你的脖子和手臂曬得這麼黑，也是因為摘苦瓜的緣故？」

紀南昌還是羞赧得沒有答話，僅微微的點了點頭。但一個肯吃苦的羞澀大男生，成為我對他的第一個印象。

隔天早自習，我未見紀南昌的身影，不經意的脫口而出：這小子還在摘苦瓜嗎？以後功課該不會也很苦瓜吧！

就這樣，同學們從此就以「苦瓜」叫他，他一點也不以為意，後來我為了避開怪怪的「南昌」（男娼），也在課堂上以「苦瓜」稱呼他。

為了提升閱讀風氣，我以讀書會方式進行閱讀指導。有一回，我選了蔣勳的《天地有大美》作為共讀素材，蔣勳在分享〈食之美〉的章節中，大秀他配稀飯的絕活——醃漬苦瓜。讀過之後，我特別鼓勵苦瓜依樣畫葫蘆，回家試試將採摘下來的苦瓜加以醃漬，並在下次讀書會報告心得。

三天後，我的桌子上放了一個大大的保鮮盒，裡頭裝滿醃漬好的苦瓜，保鮮盒下還壓著一張字條，上面寫著：老師，醃漬苦瓜做好了，可不可以不要心得報告？我品嚐之後，覺得風味奇佳，口感爽脆，也邀請同學們一起嚐鮮，剛開始還有幾位平常將吃苦瓜視為畏途的同學不敢嘗試，但在同儕的慫恿下，也都一一跟進。

「原來苦瓜真的可以這樣料理。」

「苦味消失了，還挺爽口的。」

苦瓜的心得報告，彷彿就是醃漬過程的說明和問題解答。聽說還有幾位女生從此常向苦瓜要求帶醃漬苦瓜到學校分享呢。

苦瓜，大概是我教過學生中做事最勤快的，他不僅幫忙阿公種苦瓜、照顧苦瓜、採收苦瓜、賣苦瓜，煮飯、燒菜、餵養家禽等各項家事，他也都會分擔。在學校，只要須用力氣的工作，總少不了他，倒不一定由於他長得高大，最主要還要他願意，願意去做勞苦的工作，對現代的孩子，著實不易的。

有一次，我發現班上的掃地用具部分毀壞了，麻煩苦瓜拿到資源回收場。

「老師，這些大部分是可以修理的。」

「誰來修？」

「讓我試看看！」

「帶回家嗎？」

「吃過午餐，我去跟工友阿伯借工具，拿去資源回收場修。」

對於苦瓜能否修好掃地用具，我並不是很在意，可是對他樂意做這些吃力不討好的修繕工作，倒充滿好奇。午休開始了，苦瓜並沒有回到教室，我往資源回收場走去，心裡想著：這小子就算沒有修理好半樣東西，也該鼓勵他，鼓勵他願意勞動的態度。當我推開門時，我看到原本脫落的掃把、拖把都完好了。

「小子，你太厲害了！」當老師以來，我第一次這樣用崇拜的眼神、佩服的口吻稱讚學生。

「你去哪裡學的？」

「在家裡，阿公常修理東西，我看了幾次，照著做，就會了。」

「你阿公把你教得真好，我找時間去拜訪他。」這傢伙總是把阿公掛在嘴邊，從不提爸爸、媽媽，我得去他家探探究竟。

「老師，南昌在學校做了什麼壞事？」

「他沒做壞事，他很勤勞，還會幫忙修掃地用具。」

「他很小的時候，爸爸、媽媽和他姊姊就被砂石車撞死了，他阿嬤也在三年前過世了，我不會教他讀書，只好教他做事。」

「您把他教得很好，會做事有時候比會讀書更重要。」

「老師，南昌愛敲敲打打，一下子拆這個，一下子裝那個，他說想讀汽修科，修理車子有出息嗎？」

「只要他有興趣，肯認真學習，將來一定是一位技術很棒的修車師父。」

我把帶去的參考書交給苦瓜，苦瓜的阿公則送我一大袋的苦瓜。

回家的路上，我的心中百感交集。讓孩子喜歡做事、會做事是非常重要的，我們的學校，我們的老師教不出這樣的學生，絕大多數的家長也教不出這樣的小孩，但一個沒讀過什麼書的阿公，卻做到了。

這次的家訪，澈底改變了我對教養的觀念與做法，我開始鼓勵自己的小孩做家事，鼓勵家長讓孩子做家事，鼓勵學生每天至少做一件家事。在學校，我格外重視打掃工作的落實，我盡可能的增加學生勞動和操作的機會。從苦瓜的身上，從苦瓜阿公的言談，讓我深深領略到「勤勞」是一種力量，是一種會令人尊敬的特質，更重要的，我領略到了，「勤勞」是可以培養的。

和苦瓜的師生情誼，還有一件事是我終生難忘的。

升上國三，學校為了增加學生溫習功課的時間，為了讓十個月後的會考成績有所進步，開始實施晚自習。奇怪的是，晚自習參加的對象竟是國三各班前二十五名的學生。「前二十五名」？偏偏苦瓜剛好第二十六名，這門檻到底是依據什麼定出來的？為此，我找上了教務主任。

「主任，為什麼各班前二十五名的學生才能參加晚自習？」

「我們是要讓想念書的學生，有更多的念書時間，更好的念書環境。」

「不是說要把每一個孩子帶上來嗎？怎麼學校帶頭放棄那些班後段的學生？」

「那些功課差的，不是來睡覺，就是來搗亂。」

「成績好的，自己會主動念書，功課跟不上的，才需要督促，怎麼我們的做法剛好倒著走？」

「你講的是理論，現實的狀況是會念書的來晚自習，成績會更進步，那些班後段的來了，只會破壞讀書的氛圍。」

「學校的學習活動，不是應該全面開放讓家長、學生自由報名參加嗎？」

「你講的是正式課程，晚自習限制參加對象，不會有違法的問題。」

「不違法，但違反教育理念！」

「我不跟你多費口舌了，晚自習的辦法是經校長核定後才公布的，你應該去告訴校長你偉大的教育理念。」

「我不想越級，請主任轉達我的意見。」

其實，我本來只是希望讓像苦瓜學習態度佳，但課業無法跟上的孩子，有著到校晚自習的機會，沒想到過於慷慨激昂，演變成為成績弱勢的學生，爭取受教權。我想教務主任應該很不高興吧！而他把話轉達給校長，聽起來大概也挺刺耳的。

兩天後的教職員晨會，校長主動提及，國三晚自習參加對象限定各班前二十五名的學生，是基於維護晚自習品質考量，各班如有二十五名以後學習態度良好的學生，歡迎各班老師提報。

苦瓜因此得以參加晚自習。為了了解班上參加晚自習學生的狀況，有幾次我刻意晚上再回到學校看看孩子，也向負責指導的老師再三探詢，我總盼望孩子能好好把握機會，再加上同儕一起念書的正向氛圍影響，成績能有進步。

印象中，我並沒有告訴苦瓜，他能參加晚自習是我爭取來的，但那年的教師節，苦瓜送了一張賀卡給我，裡頭這樣寫著：

老師，謝謝您讓我參加晚自習

老師，謝謝您常常稱讚我

祝老師

教師節和每一天都很快樂

看完卡片，我不由自主一陣鼻酸。小時候我是一個很愛哭的孩子，但長大後卻絕少掉眼淚，教苦瓜的兩年，我的眼眶卻溼了好幾回。學生可以感動老師，這是一件很奇妙的事情；更奇怪的，是這種感動會讓老師自然而然知道怎麼對待學生。

苦瓜很爭氣，國三的成績一直往前挺進，竟然如願的進到國立高職的汽修科就讀。高一的暑假，他帶著苦瓜和醃漬苦瓜到學校看我，他說學科都低空飛過，但術科可都名列前茅，而且已考過兩張證照，聽他充滿自信的言談，看他更厚實的體格，我想著一位修車師父很健壯、很專業、很勤奮，在一家汽車保養廠工作著。

我從休息室望著動作俐落，非常專注的苦瓜，沒錯，眼前所見的，就是我當年的想像。

這時候有個中年男子從外頭走進了保養廠，他和苦瓜講了幾句話，然後兩人不約而同的朝休息室看了過來。

我猜想，應該是苦瓜向老闆介紹了我。

中年男子又和其他修車師父打了招呼，看了幾輛待修車子的狀況，便走進了休息室。

「老師，南昌說你是很照顧他的國中老師。」

「你是老闆嗎？南昌要麻煩你多教他，教他技術、教他怎麼和客人接洽和互動。」

「老師你不簡單，能夠教出像南昌這種肯學、肯做，又有耐心的孩子。我開保養廠二十年了，南昌是我聘用過的員工中技術和態度都很棒的一位。這小子不簡單，很多客戶都指名要他修車。不瞞你說，這幾年南昌在這裡工作，我的生意比以前好很多。」

「老闆，客戶都指定要他修車，這樣不會給你困擾？其他員工會不會嫉妒？」

「你問的和他阿公上次來問的一樣。放心啦！這些問題我會留意的，我不會讓努力的員工吃虧的。其實，南昌的勤奮也影響其他員工，我現在比較不用一天到晚盯著他們。」

「南昌畢竟還年輕，而且比較直性子，還是要請你多指點他。」

「會的。我教他，他做的好，其他員工也會跟著學。」

老闆離開休息室後不久，又折回來，端了一大盤水果請我享用。

這是當老師最榮耀、最驕傲的時刻。當你教的學生，畢業幾年後，遇上了，你看他很有出息的樣子，你聽他周邊的人對他的滿是稱讚，你那種當老師的成就感便很自然的湧現。

此外，從苦瓜的身上我發現，一旦孩子從小養成了肯學、肯做、不怕辛苦的特質，對他的影響是很深遠的，而且可能是一輩子都不易改變的，甚至形成一種習慣，一種生活的態度。

不過，我其實沒有什麼好過度欣喜的。苦瓜具有的吃苦耐勞的性情，不是學校，也不是當老師的我所培養的，是他的阿公，那個從小做事給他看，教他做事的阿公，是他生命中最重要的貴人。

苦瓜似乎已把我車子的前保險桿給牢牢的固定了，然後我看見他細心的為幾處小割痕點漆，接著他開始打蠟，哇！這傢伙還真給這輛老爺車六星級的服務呢！

「老師，您的舊車變新車了！」

「真有你的，苦瓜，這輛車假使有知覺，今天一定有著受寵若驚的感受。」

「還有，我老闆剛剛有特別交代，不能給老師收錢！」

「這怎麼可以呢？我今天看到你這麼爭氣，聽到你老闆那麼誇獎你，好開心，好滿足，千萬不能不收錢，否則我會過意不去的，下次也不好意思再來看你了。」

「老師，您不要太客氣了，如果我真向您收費，待會兒老闆回來，我很難跟他解釋的。」

「那我不僅要謝謝你，也要請你代我向你老闆致謝。」

「老師，其實我才要好好謝謝您！當年您常常稱讚我，讓我覺得被重視、被肯定，本來有點自卑的我，在您一次又一次的鼓勵下，信心就這樣被製造出來了。」

「現在的孩子都缺乏勞動，也不願意勞動，你剛好相反，那些要費力氣，要操作的事，你會主動的做，而且做得有模有樣的，我誇讚你是應該的。」

「很多老師比較會讚美功課優異的學生。」

「你真正要感謝的是阿公，阿公給了你做事的榜樣。他現在還種苦瓜嗎？」

「阿公後來知道我的綽號是苦瓜，他說他要持續種苦瓜，種到他沒辦法種，要不然別人會不知道那個綽號是怎麼來的。」

「阿公還真幽默，下次回家記得代我向他問好。」

離開保養廠，眼眶又溼了。原來老師對學生所說的、所做的，他們當下不一定會回應，但總是有影響力的。苦瓜的話，給了我許多的省思，省思老師的角色——老師適時適切鼓舞學生的關鍵角色。

我決定將苦瓜的故事，說給以後所教的學生聽，喔！這樣知道的人還是很有限，我應該把苦瓜的故事寫下來，讓當孩子的、當老師的、當家長的，都好好的讀一讀。

國家圖書館出版品預行編目資料

青春 ，好行！／江連君文. 詹廸薾圖.--初版 .
--臺北市：幼獅, 2017.03
面； 公分. --（故事館；45）

ISBN 978-986-449-069-1（平裝）

859.6　　　　106000762

・故事館045・
青春 ，好行！

作　　者＝江連君
繪　　者＝詹廸薾
出 版 者＝幼獅文化事業股份有限公司
發 行 人＝李鍾桂
總 經 理＝王華金
總 編 輯＝林碧琪
主　　編＝韓桂蘭
總 公 司＝(10045)臺北市重慶南路1段66-1號3樓
電　　話＝(02)2311-2832
傳　　真＝(02)2311-5368
郵政劃撥＝00033368

印　刷＝崇寶彩藝印刷股份有限公司
定　價＝250元
港　幣＝83元
初　版＝2017.03
二　刷＝2020.05
書　號＝984213

幼獅樂讀網
http://www.youth.com.tw
e-mail:customer@youth.com.tw
幼獅購物網
http://shopping.youth.com.tw

行政院新聞局核准登記證局版臺業字第0143號